# 白詩逍遙――白楽天の世界に遊ぶ――

田口暢穂著

研文社

白楽天像（『晩笑堂画伝』より）

# 目次

# 白詩逍遙

# 一、白居易の「嗟髪落」詩をめぐって

## 一

いつ、誰によっていい出されたことかは詳かにしないが、中国の古典詩には禿をうたった詩はないといわれている。私は目加田誠博士から座談のおりにそのことを聞いた。

晋の潘岳の「秋興の賦」をはじめとして、白髪の文学は数多いが、禿をうたった、例えば「禿頭の賦」などという作品はない。これは白髪には風情があるけれども、禿頭にはあわれというものがなく、詩にならぬからだ、というのがその時の要旨であったと記憶する。

目加田博士が白髪のあわれを強調されるのは、御本人が見事な銀髪の持主であるからに相違ないのだが、それを差引いて考えても、白髪については、「余、春秋三十有二にして始めて二毛を見る」（潘岳「秋興の賦」）とか、「白髪三千丈、愁に縁つて箇《か》の似《ご》く長し」（李白「秋浦の歌十七首其の十五」）とかの句がたちどころに浮かんでくるのに、禿の詩はといわれると返答に窮するのは確かである。私など、『笑苑千金』や『笑林広記』に収める笑話に禿に関するものがあったことを覚えているのが関の山であった。ところが先日、ある人が清の程趾祥の著した『此中人語』巻一に禿についての詩があることを教えてくれた。故事の題は「死禿」という。あらすじを左に記す。

上海で観察使の書記をやっていた某生なるもの、某僧と忘形もただならぬ交際をしていた。たまたま観察使が上京することになったが、某書記は倶に行くを得ず、失業して異郷に落魄することとなった。某僧は固より貧を欺り富を重《あな》んずる者で、某書記の此の如きさまを見、交りを断った。やがて某書記が新に職につき、羽振りがよくなると某僧は再び交りを求めた。某書記が僧のもとへ赴くと、僧は置酒して歓待し、己が肖像に詩を題せんことを請うた。某書記は請に応じて詩を記していう。

一夕霊光出太虚、化身人去意何如、秋丹不用爐中火、凡事心頭一點除。

僧は喜んでその像を壁に懸けておいたが、一年余り後、それを見た客が大笑して止まなかった。僧がわけをたずねたところ、詩中に「死禿」の二字がかくされていることを教えられた。

これは一種の字謎詩に関する話柄だが、ここにいう「死禿」とはおそらく僧に対する罵語であって、生理的な禿頭をいうのではあるまい。それにしても、このはなしも笑話に類するものであって、禿にはあわれがないという説を裏づけるかのようである。やはりまともな禿の文学というものは成り立たぬのであろうか。

## 二

いうまでもなく、昔から中国人にも禿げる人はいた。『説文解字』に既に「禿は髪無きなり」とある。人が年老いて禿げつつあるのを自覚したとき、自ずと何らかの感慨無きを得まい。禿げてしまった老残の身を悼む詩、あるいは漸く禿げてゆくわが身に老いを感じ、嘆く詩というのは十分にありうるであろう。とすれば、そのような内容の詩を禿頭の詩ということが可能ではあるまいか。

今日、私たちが白髪の詩と見なしている作品は、決して白髪そのものをうたうことを目的とした詩ではない。白髪のわが身に老いを歎じ、積る憂いのゆえに白髪となった、憂い多き身を悲しむ詩である。前者については説明の必要もあるまいが、後者について、試みに二、三の例をあげておこう。

座中何人　座中何人ぞ
誰不懐憂　誰か憂を懐かざらん
令我白頭　我をして白頭ならしむ
（古歌）

人亦有言　人亦た言へる有り
憂令人老　憂　人をして老いしむと
嗟我白髪　嗟《ああ》　我が白髪
生一何早　生ずること一に何ぞ早き
（曹丕「短歌行」）

憂來令髮白　憂来つて髪をして白からしむ
誰云愁可任　誰か云ふ　愁任《た》ふべしと
（張載「七哀詩二首」其二）

白髪の詩が白髪を素材として老衰や憂愁をうたうものであるならば、禿頭の詩も、禿げた頭をさまざまに角度や視点を変えて描写する、「禿頭の賦」的な作品に限定される必要はないはずである。

## 三

先日『白氏文集』を見ていて、「嗟髪落（髪の落つるを嗟《なげ》く）巻五二　2296」という詩が目についた。那波本に拠って左に本文を示す。

朝亦嗟髮落　朝《あした》に亦た髪の落つるを嗟き
暮亦嗟髮落　暮にも亦た髪の落つるを嗟く
落盡誠可嗟　落ち尽くして誠に嗟くべし
盡來亦不惡　尽き来つては亦た悪からず

既不勞洗沐　既に洗沐を労せしめず
又不煩梳掠　又た梳掠を煩はさず
最宜濕暑天　最も湿暑の天に宜し
頭輕無結縛　頭軽くして結縛無し
脱置垢巾幘　垢つける巾幘を脱ぎ置き
解去塵纓絡　塵つける纓絡を解き去る
銀瓶貯寒泉　銀瓶に寒泉を貯へ
當頂傾一勺　頂に当つて一勺を傾く
有如醍醐灌　醍醐の灌ぐが如くなる有り
坐受清涼樂　坐《ゐ》ながらにして清涼の楽を受く
因悟自在僧　因つて悟る自在の僧の
亦資於剃削　亦た剃削に資《と》るを

禿という字こそ使っていないが、一読、あきらかに髪が抜け落ち、禿げたことをうたった詩である。ただし白居易の口調は、「髪の落つるを嗟く」という題とは裏腹に、諧謔味を帯びている。――髪が抜けてしまったら、それはそれでまんざら悪くもない。髪を洗う手間がかからぬし、梳《くしけず》ることもいらない。何よりよいのはむし暑いころ。まげをゆわないので頭は軽く、かぶりものを取って頭からつめたい井戸水をかぶれば、いながらにしてまことに涼しく、醍醐をそそがれるようだ。かくて坊さんが頭を剃るわけがわかった。

花房英樹博士『白氏文集の批判的研究』によれば太和四年（八三〇）、白居易五十九歳の時の作である。老衰を避けることはできぬという人のさだめを実感した年齢ゆえの諧謔であったのだろうか。

ところで、白居易が脱毛を嘆く詩はこの一首にとどまらない。貞元十七年（八〇一）、三十歳の時の作に「歎髪落（髪の落つるを歎ず）巻一三　0657」というのがある。

多病多愁心自知　　多病多愁　心自《おのづか》ら知る
行年未老髪先衰　　行年未だ老いずして髪先づ衰ふ
随梳落去何須惜　　梳《くしけず》るに随つて落ち去るも何ぞ惜しむを須《もち》ひん
不落終須變作絲　　落ちずんば終に須《すべから》く変じて糸と作《な》るべし

脱け落ちた毛髪を眺めつつ、脱けるか白髪になるかのどちらかだ、と嘯く三十歳の白居易。やや開きなおったユーモアとともに、禿頭も白髪もまだ現実のものとはなっていない若さを私は感ずるのだが、いかがであろうか。

これが元和五年（八一〇）作の「感髪落（髪の落つるに感ず）巻一四　0736」になると、少しく趣きを異にする。

昔日愁頭白　　昔日　頭の白けたるを愁ふ
誰知未白衰　　誰か知らん未だ白けずして衰ふるを
眼看應落盡　　眼《まのあたり》に看る応に落ち尽くすべきを
無可變成絲　　変じて糸と成るべくも無し

もはや白髪にはなり得ぬと嘆く白居易は、時に三十九歳であった。

以下、年齢に従ってこの種の詩をあげてみよう。

晨興照清鏡　　晨《つと》に興《お》きて清鏡を照らす
形影兩寂寞　　形影両《ふたつ》ながら寂寞
少年辭我去　　少年　我を辞して去り

白髪随梳落　　白髪　梳るに随つて落つ
吾聞善醫者　　吾聞く医を善くする者
今古稱扁鵲　　今古　扁鵲を称す
萬病皆可治　　万病　皆治《なほ》すべくも
唯無治老藥　　唯《ただ》　老を治《なほ》す薬無し
（中略）
衣寛有賸帶　　衣寛うして帯を賸《あま》す有り
髪少不勝梳　　髪少うして梳るに勝へず
自問今年幾　　自《みづか》ら問ふ　今年幾《いくば》くぞ
春秋四十初　　春秋　四十の初
　　　　　　（「歎老三首」其一　巻一〇　0453　元和六年　四十歳）
四十已如此　　四十　已に此《かく》の如し
七十復何如　　七十　復た何如《いかん》
　　　　　　（「沐浴」巻一〇　0479　元和七〜八年　四十一、二歳）

白髪逐梳落　白髪梳《くし》を逐うて落ち
朱顏辭鏡去　朱顔鏡を辞して去る
當春頗愁寂　春に当つて頗る愁寂たり
對酒寡歡趣　酒に対して歓趣寡し

（「漸老」巻一〇　0504　元和十一年　四十五歳）

これらの詩にはごくふつうに老いを嘆く気分がうたわれていると見てよいだろう。だが五十過ぎの詩になると、あきらめの境に到達したかの如き作が見うけられる。

二毛曉落梳頭懶　二毛暁に落ちて頭を梳ること懶《ものう》し
兩眼春昏點藥頻　両眼春昏《くら》くして薬を点ずること頻りなり
唯有閑行猶得在　唯閑行すること有りて猶ほ在ることを得たり
心情未到不如人　心情未だ到らずして人に如かず

（「自歎二首」其二　巻二〇　1396　長慶四年　五十三歳）

この詩など、老境に達した白居易の心のしずけさが前面におし出され、閑適詩としての性格が強いように感ぜられる。同様の詩は他にもある。

日居復月諸　日や　復《また》　月や
環迴照下土　環迴して下土を照らし
使我玄雲髪　我が玄雲の髪をして
化爲素絲縷　化して素糸の縷と為らしむ
（略）
餘者能有幾　餘れる者　能く幾《いくば》くか有る
落者不可數　落つる者　数ふ可からず
禿似鵠塡河　禿すること鵠の河を塡むるに似
墮如烏解羽　堕つること烏の羽を解くが如し
蒼華何用祝　蒼華　何を用て祝せん
苦辭亦休吐　苦辞　亦吐くことを休めん
匹如剃頭僧　匹《たと》へば剃頭の僧の如し
豈要巾冠主　豈要せんや　巾冠の主たるを
（「和微之詩二十三首　和祝蒼華」巻五二　2253　太和二年　五

十七歳）
この作にあっては、年月の経過と共に髪が白くなり、さらには抜け落ちるさまを、抜けた羽で織女が天の川をわたるのを助ける烏鵲になぞらえて、もはや蒼華（注）（髪の神）にいのっても仕方がないと、なかば諦めているかのようである。また、同じ時の作で、

君賦此詩夜　君が此の詩を賦するの夜
窮陰歳之餘　窮陰　歳の餘り
我和此詩日　我が此の詩を和するの日
微和春之初　微和　春の初め
老知顔狀改　老いては顔狀の改まるを知り
病覺支體虛　病んでは支体の虚なるを覚ゆ
頭上毛髮短　頭上毛髪短く
口中牙齒疎　口中牙歯疎なり

（「和微之詩二十三首　和除夜作」巻五二　2261　太和三年　五十八歳）

とうたうのからは、老病の身の衰えを自覚し、受け入れようとする心の動きが読み取れるようである。

更に進んでは、

此時方自悟　　此の時方《まさ》に自《みづか》ら悟る
老痩亦何妨　　老痩亦た何ぞ妨げん
肉輕足健逸　　肉軽くして足健逸なり
髮少頭清涼　　髪少くして頭清涼なり
薄食不飢渇　　薄食して飢渇せず
端居省衣裳　　端居して衣裳を省く

（「早熱二首」其二　巻六三　3026　太和九年　六十四歳）

頭上漸無髮　　頭上漸く髪無く
耳間新有毫　　耳間新に毫有り
形骸逐日老　　形骸日を逐つて老い
官秩隨年高　　官秩年に随つて高し

（中略）

誠合知止足　　誠に合《まさ》に足るに止まるを知るべし

豈宜更貪饕　　豈に宜しく更に貪り饕《くら》ふべけんや

（「自賓客遷太子少傅分司」巻六三　3031　太和九年　六十四歳）

この両首においては禿頭や、それに象徴される衰老を嘆く気分はもはや稀薄である。暑さをしのぐための禿頭の効用を説く「早熱」詩からは、「嗟髪落」詩と同様の諧謔味が感ぜられるし、それと同時に、「自賓客遷太子少傅分司」にも共通する老いたる白居易の自足の心境が読みとれる。吉川幸次郎氏は「嗟髪落」詩に示された白居易の心境を評して「人生の辛酸をなめつくしつつ、しかも人生への熱意を失わない人の、泰然たる寛容さであった」（『人間詩話』）といわれるが、まことにこれら老境の白居易の脱毛をうたう詩は、ゆとりをもってわが身を見つめ、現実を受け入れようとする詩人の心の広さを示すものであったろう。

なお、些か余談の憾があるが、長慶二年（八二二）、白居易五十一歳の時の作に「吾雛」（巻八　0364）という詩がある。歯髪の失われた父が七歳の阿羅という女《むすめ》の行くすえを思う詩である。

我齒今欲墮　我が歯　今堕ちんと欲して
汝齒昨始生　汝が歯　昨始めて生ず
我頭髮盡落　我が頭　髪尽く落ちて
汝頂髻初成　汝が頂　髻初めて成る
老幼不相待　老幼相待たず
父衰汝孩嬰　父衰へて汝孩嬰
緬想古人心　緬《はるか》に想ふ古人の心
茲愛亦不輕　茲の愛亦た軽からざるを

ここにはあの老境の白居易のゆとりはない。高齢にして得た女を思う親の気持ちが自然にうたわれるばかりである。そして太和三年（八二九）に長男阿崔が生まれた。五十八歳ではじめて得た後嗣である。白居易の喜びと将来についての不安はひとしおであったろう。だが同五年、阿崔は三歳で夭折する。いうまでもなく、このころの歓喜と不安、悲歎はそれぞれに詩にうたわれているから、ここでは述べぬ。ただ、晩年の白居易のゆとりの裏に、このような大きな不幸があったことを考えるとき、その「寛容さ」に今更のように舌を捲かざるを得ない。

## 四

ところで、禿頭もしくは禿げつつあることをうたって衰老の詩を作ったのは、白居易だけであろうか。禿頭の詩を作れるか否かは、もとより個人的な肉体的条件に左右されるわけなのだが……。

まずはじめに白居易と同じ中唐の詩人、韓愈について検討してみたい。何しろ有名な「落歯」詩の作者であるから、髪によって老いをいうことはあり得る。そう思っていたところが、驚いたことに、髪が落ちる、尽きるといった婉曲な表現がなく、かえって直截に禿という字を用いている例を見出したので、左に示す。

冠欹感髪禿　　冠欹《そばだ》つて髪の禿《とく》せるに感じ
語誤悲歯墮　　語誤つて歯の堕ちたるを悲しむ
（「感春四首」其三『昌黎先生集』巻三）

我雖未耋老　　我未だ耋老せずと雖も
髮禿骨力羸　　髮禿にして骨力羸《よは》る
所餘十九齒　　餘す所の十九齒
飄颻盡浮危　　飄颻として尽く浮危なり

（「寄崔二十六立之」同前巻五）

僅かに二例だが、歯がぬけることと禿げることを同一の次元で考えているらしいこと、あまり先行例のない「禿」という字を――筆・木・山等についてでなく――用いていることが注目に値する。

というわけで韓愈の例を見出したのに力を得て、少し古い時代へ遡って頭髪が抜けることをうたう詩を捜してみた。もとより遺漏もあろうが、以下、分類して記す。

まず第一に挽歌にみえる例。

生時遊國都　　生時に国都に遊び
死没弃《ママ》中野　　死没して中野に弃てらる

（中略）

一、白居易の「嗟髪落」詩をめぐって

造化雖神明　　造化神明と雖も
安能復存我　　安くんぞ能く復た我を存せん
形容稍歇滅　　形容稍《やうや》く歇《つ》き滅しぬ
齒髪行當墮　　歯髪行《ゆくゆ》く当に墮つべし

（「繆襲」挽歌詩『文選』巻二八）

死者の遺骸がくずれるさまをいう句である。哀老を嘆く詩ではないが、類例があるので、分類してみた。明らかにこの詩をうけつぐ作に、鮑照の「代挽歌」がある。

生時芳蘭體　　生時芳蘭の体
小蟲今爲災　　小虫　今　災を為す
玄鬢無復根　　玄鬢根に復する無く
枯髏依青苔　　枯髏青苔に依る

（『鮑参軍集』巻三）

第二に、愁のために鬢が落ちる、という用法。愁のために白髪になる、というのに対応する例。

積愁落芳鬢　　積愁芳鬢落ち
長啼壞美目　　長啼美目壊《くづ》る
（王僧孺「春怨」『玉台新詠』巻六）

第三、老衰、衰弱のために頭髪が落ちるという例。これが最も多く目についたのは言うまでもない。

白髮隨櫛墜　　白髪櫛に随つて墜ち
未寒思厚衣　　未だ寒からずして厚衣を思ふ
（阮瑀「失題詩」『芸文類聚』巻一八　老）

年去年來自如削　　年去り年来つて自ら削るが如し
白髮零落不勝冠　　白髪零落して冠に勝へず
（鮑照「擬行路難十八首」其十六『鮑参軍集』巻四）

體羸不盡帶　　体羸《よは》つて帯を尽くさず

一、白居易の「嗟髪落」詩をめぐって

髪落強扶冠　髪落ちて強ひて冠を扶く
（邢邵「冬夜酬魏少傅直史館」『全北斉詩』）

白頭搔更短　白頭搔けば更に短かく
渾欲不勝簪　渾べて簪に勝へざらんと欲す
（杜甫「春望」『杜詩鏡銓』巻三）

随肩趨漏刻　肩を随へて漏刻に趨き
短髪寄簪纓　短髪簪纓に寄す
（杜甫「奉送郭中丞兼太僕卿充隴右節度使三十韻」同前巻三）

羞將短髪還吹帽　羞づらくは短髪を将て還た帽を吹かるるを
笑倩旁人爲正冠　笑つて旁人を倩《やと》うて為に冠を正さしむ
（杜甫「九日藍田崔氏荘」同前巻五）

拭涙沾襟血　　涙を拭へば襟を沾ほす血
梳頭滿面絲　　頭を梳れば満面の糸
（杜甫「遣興」同前巻七）

舊采黄花賸　　旧采黄花賸《あま》れるも
新梳白髮微　　新梳白髪微かなり
（杜甫「九日諸人集於林」同前巻一四）

半頂梳頭白　　半頂頭の白きを梳り
過眉拄杖斑　　過眉杖の斑なるに拄《ささ》へらる
（杜甫「入宅三首」其二　同前巻一五）

蓬鬢稀疏久　　蓬鬢稀疏なること久し

一、白居易の「嗟髪落」詩をめぐって

無労比素絲　素糸に比するに労すること無し

（杜甫「人日二首」其一　同前巻一八）

耳聾須畫字　耳は聾して須く字を画くべし

髮短不勝篦　髪は短くして篦《へい》するに勝へず

（杜甫「水宿遣興奉呈羣公」同前巻一九）

杜甫の詩に見える「短髪」「髪短し」等の語が、『左伝』昭公三年の「其の髪は短かけれども心は甚だ長し」にもとづくことは既に注家によって指摘された通りであるが、「満面の糸」「白髪微かなり」「半頂」「稀疏なり」等と同じ状態をいっているのであろうから、これも薄くなったさまと解しておく。

また、詩人が本人のありさまをうたった句ではないが、盧照鄰の「五悲」のうち「悲窮通」に、不遇にして衰えはてた「幽巌の臥客」を形容して、「毛落ち鬢禿げて叔子の明眉無し」という例もある。

なお沈佺期の

自従別京洛　京洛に別れてより

頽鬢與衰顔　頽鬢と衰顔と

（「入鬼門関」『全唐詩』巻九七）

李白の

瞻光惜頽髮　光を瞻て頽髮を惜しみ

閲水悲徂年　水を閲て徂年を悲しむ

（「秋登巴陵望洞庭」『李太白文集輯註』巻二一）

などは、薄くなった髪か否かきめ難いので、除外しておく。他の詩人についても同様である。

このように検討してみると、数こそ少ないが、白髪の詩の場合と同じく、頭髪が抜ける＝禿げることをうたって衰老や積もる憂いを嘆く詩が存在することが確かめられたといえよう。そして唐人についていえば――勿論『全唐詩』すべてを精査したわけではないので、断定はできないが――杜甫、韓愈、白居易に作例があるのが興味をひく。韓愈も白居易も、ともに杜甫を尊崇した人であったし、同じく日常生活の中のささやかな事柄や心情をうたう人であった。杜甫が、特に晩年、微細な人事をこまやかにうたったことは附言するまでもあるまい。今日の目でみると、この種の詩は自身の生活や心情を見つめる詩人たちにまことに相応しい。そういえば、宋の陸游にも脱落してゆく歯髪に老いを感じて嘆く詩があった。偶ま目についた句のみ挙げておく。

獨立柴荊外　独り立つ柴荊の外
頽然一禿翁　頽然たり一禿翁
（「独立」『剣南詩稿』巻一五）

齒豁不可補　歯は豁として補ふべからず
髮脱無由栽　髪は脱して栽うるに由無し
（「晨起」同前巻三四）

髮已凋疏齒已搖　髪は已に凋疏　歯は已に揺ぐ
高談誰與慰無聊　高談誰と与にか無聊を慰めん
（「亀堂独坐遣悶」同前巻三五）

また、表現の面からこれらの例を見ても、ある程度のつながりが考えられる。杜甫は「不勝簪」「不勝篦」等の語を用いているが、これは「春望」詩について九家集注本が既に指摘する如く、鮑照の「擬行路難」を念頭においたものであろうし、韓愈の詩も鮑照や邢邵に似たところがある。白居易の「随梳落」という表現も阮瑀の句をふまえていると考えてよいだろう。やはり禿げてゆくことをうたう詩の流れが想定されうるし、その流れが、自分の生活の細部にも詩を見出した詩人たちによって受け継がれた――意図的な継承であったか否かは問題であろうが――と見てよいのではないだろうか。

## 五

さて、このように他の詩人の場合と比較してみると、白居易の、特に老境に達してからの作品に示されているゆとりが改めて目につく。ここに挙げた例によってみるかぎり、魏晋六朝の詩人たちや杜甫、韓愈は禿げるという生理現象を直ちに衰老のあらわれとして――例えば歯が抜ける、目が見えなくなる、耳が遠くなるという現象とならべて——意識していたことが窺える。おそらくそこには、禿がユーモラスであるというような感覚が入り込む余地はない。もとより、詩人でなくとも禿げはじめた本人には、禿がユーモラスだと感じられるはずもない、といってしまえばそれまでだが。にもかかわらず、ひとり白居易は「嗟髪落」詩や「早熱」詩において、銷夏法として、沐浴を簡素化する方法として禿の効用を主張する。他の詩人のみならず、白居易の詩にさえ、「和祝蒼華」詩の如く、禿を衰老のあらわれとしてうたう作品が多いのを思えば、このような発想が禿＝ユーモラスという今日的な通念に支えられたものではないことは明らかであろう。

それでは、いったい白居易のゆとりのある態度は何に由来するのか。

その一つは、四十四歳のおりの江州左遷以後、著しく強まったといわれる閑適趣味であろう。淡々とした言葉づかいで語られる閑適詩のおだやかな趣きは、「足るを知り和を保」（「与元九書」巻二八　1486）とうとする、バランスのとれた心の所産であったはずである。こうした心の動きが老いに対する達観につながるであろうことは想像に難くない。

第二は仏教的な無常観による老病死からの脱却である。白居易の詩には仏教的信仰による現世的苦悩からの脱却をいうものが見える。いちいち例を挙げるのも際限がないので、頭髪と関係がある詩のみ引いておく。

元和五年（八一〇）、白居易三十九歳の時の詩で、髪を梳るごとに漸く頭髪の減少するのを覚え、わが身の老いたること、世事のわずらわしさを感ずる、仏法を学んで老病を超越せねばならぬ、というものがある。

夜沐早梳頭　　夜沐して早《つと》に頭を梳る
窓明秋鏡曉　　窓は明らかなり秋鏡の暁
颯然握中髪　　颯然たり握中の髪
一沐知一少　　一たび沐して一たび少きを知る
年事漸蹉跎　　年事漸く蹉跎
世縁方繳繞　　世縁方に繳繞
不學空門法　　空門の法を学ばずんば
老病何由了　　老病何に由つてか了せん

未得無生心　　未だ無生の心を得ずんば
白頭亦爲夭　　白頭も亦た夭と為す

（「早梳頭」巻九　0409）

元和十二年（八一七）、四十六歳のおりの作、「因沐感髪、寄朗上人二首其二（沐するに因りて髪に感じ、朗上人に寄す二首其の二）巻一〇　0516」詩にもこれに似た考えが示される。

漸少不滿把　　漸く少くして把に満たず
漸短不盈尺　　漸く短くして尺に盈たず
况茲短少中　　况んや茲の短少の中
日夜落復白　　日夜落ちて復た白し
旣無神仙術　　既に神仙の術無し
何除老死籍　　何ぞ老死の籍を除かん
秖有解脱門　　秖《た》だ解脱の門有つて
能度衰苦厄　　能く衰苦の厄を度す

掩鏡望東寺　　鏡を掩うて東寺を望み
降心謝禪客　　心を降して禅客に謝す
衰白何足言　　衰白何ぞ言ふに足らん
剃落猶不惜　　剃落するだも猶ほ惜まず

また、この連作の第一首で「沐すること稀にして髪苦《はなは》だ落ち、一たび沐して仍りて半ば禿げたり」と愚痴った後で、こんなに自分が早く老けたのは、煩悩が多くて心がこがれるためだろう、と言っているのも、言葉の上では仏教的といってよいだろう。さらにいえば、「因沐感髪、寄朗上人二首其二」詩の最後の聯、「衰白何ぞ言ふに足らん、剃落するだも猶ほ惜しまず」や、「嗟髪落」詩の末二句、「因つて悟る自在の僧の、亦た剃削に資るを」の如く、禿頭を僧侶に比する表現は、勿論、形態の類似からいって、誰でも直ちに思いを致す所ではあろうが、仏僧に対する親近感に裏づけられた諧謔であったろう。私は「嗟髪落」詩のほうが遥かに洒脱でよいと思うが……。

ただし、白居易の老病死に関する達観を考えるに当って、その思想的裏づけを仏教のみに求めるのは失当の惧れがあろう。一般的にいって、詩中の語句がそのまま詩人の思想を伝えるとは限らぬことが多いのは考慮に入れねばならぬ。表現上の誇張、フィクション、社交辞令等がまじえられる可能性が大である。また詩人の用語を見ていると、道家的用語と仏教的用語の区別が定かでないことも間々ある。これは訳語と概念の受けとめ方の問題にも関ることであるから、この一事を以て思想そのものが雑駁であったと断ずることの危険は論を俟たぬが、多くの詩人は道仏の根本的な教義の相違ということをあまり深く顧慮しなかったように感ぜられることが多い。白居易の知足とか知命、委順の思想も、仏教的な思想傾向のみの産物ではなかったようである。開成二年（八三七）、六十六歳、歯が抜けたのを歎じて作った「歯落辞」（巻六一　2952）という文には左の如き記述が見える。

噫《ああ》、君其れ聽け。女《むすめ》長じては姥《うば》を辭し、臣老いては主を辭す。髮衰へては頭を辭し、葉衰へては樹を辭す。物、細大と無く、功成る者は去る。君何ぞ嗟嗟たる。獨り諸《これ》を道經に聞かずや、我が身は我が有に非ず、蓋し天地の委形なりと。君何ぞ嗟嗟たる。又諸《これ》を佛說に聞かずや、是の身は浮雲の如く、須臾にして變滅すと。

是に由つて言へば、君何ぞ有らんや。宜しく百骸を委ねて萬化に順ふべき所なり。
胡為《いかん》ぞ嗟嗟たること一牙一齒の間に於てせん。

ここに「道経」「仏説」が併記されていることから考えても、白居易の達観は、道仏を主体とする雑糅した思想から生じたものであったことはほぼ確かであろう。そして、思想的根底が如何なるものであったにせよ、「嗟髪落」詩や「旱熱」詩をはじめとする、老いゆくわが身を穏やかに見つめる作品群に示されるゆとりが、この人生を達観する眼なくしてはあり得ないこともおそらく確かであろうと私は思う。

ところで白居易の頭髪は、最後にはどうなったのだろうか。抜けてゆく頭髪をうたった詩ばかりを取り上げて見てきたが、いうまでもなく、白居易にもふつうに白髪を嘆く詩が数多くある。すっかり抜け落ちてしまったのだろうか、それとも幾分かは白いままで残ったのだろうか。いま『晩笑堂画伝』に白居易の肖像が収められており、その頭部を見ると、薄物の頭巾を透かして、頭頂部よりやや後まで侵蝕された状態を窺うことができる（本扉裏参照）。しかしながら『晩笑堂画伝』は清人上官周の手に成るものであり、後人の想像図たるを免れぬ。やはり本人の言に徴を求めるべきであろう。会昌六年（八四六）、七十五歳の時の詩――「自詠老身、示諸家属」「斎居偶作」「詠身」等――には頭髪に関する句はない。その前年、会昌五年の七老会のおりの詩にも鬚の白いことをいうばかりで髪については言及しないのだが、同年作の「喜老自嘲」（巻七一　3651）には「面黒くして頭は雪白」といい、どうやら白いものが残っていたと考えてよさそうである。少し古い資料だが、自伝「酔吟先生伝」（巻六一　2953）にもいう、「時に開成三年（八三八）、先生の歯《よはひ》六十有七、鬚《ひげ》尽く白く、髪半ば禿げ、歯雙《なら》び欠けたり」。

注　「和微之詩二十三首」は、連作中の「和我年」詩三首（2254～2256）に「我年五十七」とうたっていて、全体が太和二年の作と見なせるのであるが、この「和除夜作」は、元稹の「除夜作」が太和二年の除夜に作られ、白居易の和詩は、三年の春に作られたと考えられている。

# 二、白居易の単衣もの

## 一

白居易に「晩帰府帰」という詩がある。本文と訓みを左に掲げておく。なお、引用の白詩は那波本に拠り、訓みはすべて私に附した。

晩従履道來歸府　晩に履道より来りて府に帰る
街路雖長尹不嫌　街路長しと雖《いへど》も　尹嫌はず
馬上涼於牀上坐　馬上は牀上に坐するよりも涼し
緑槐風透紫蕉衫　緑槐　風は透る　紫蕉衫《しせうさん》
（巻五七　2794）

制作時期は、花房英樹氏『白氏文集の批判的研究』（朋友書店　昭和四九年再版）「繋

年表」、朱金城氏『白居易集箋校』（上海古籍書店　一九八八年）「箋」、ともに太和六年（八三二）、白居易六十一歳、河南尹在任中の作ということで一致する（以下、作品の繫年はこの二書による）。詩の中で「履道」より「府に帰る」といい、自ら「尹」と称しているのを見れば、河南尹在任中の詩であることは疑いない。晩に履道坊から河南尹府に帰るというところを見ると、翌日の勤務に備えて、夕刻、私邸から役所に帰る途中の心境をうたった作であろうか。

朱氏「箋」にもいうとおり、河南尹の府廨は洛陽宣範坊にあった（『唐両京城坊攷』巻五）。履道坊の私邸から宣範坊の府廨までの道を馬に揺られてゆくと、街路樹の緑の槐が茂った間を吹いてくる風が紫色の芭蕉布の衫を吹き抜けて心地よく感ぜられる、というのであろう。まことに夏らしい、季節感あふれる詩である。「紫蕉衫」は、「蕉衫」は『大漢和辞典』には見えないが、「蕉衣」は「芭蕉の葉、或は蕉布で作った衣服」、つまり「芭蕉布の衣服」と説明されている。また「衫」は「ころも。衣服」あるいは「ひとえ」の意であるが、この詩では夏物の単衣《ひとえ》と見るべきであって、「蕉衫」で芭蕉布の単衣ということになろう。「紫」は服の色である。

# 二

ところで白居易が「蕉衫」「蕉衣」など、芭蕉布の夏服をうたうのは、この詩ばかりではない。管見の限りでも他に五例を挙げることが出来る。

禦熱蕉衣健　熱を禦ぎて蕉衣健なり
扶羸竹杖輕　羸《つか》れを扶けて竹杖軽《かろ》し
（「偶詠」巻五七　2743）

魚筭朝飡飽　魚筭《ぎよじゆん》　朝飡《てうそん》飽き
蕉紗暑服輕　蕉紗　暑服軽し
（「晩夏閑居、絶無賓客、欲尋夢得、先寄此詩」巻六七　3364）

一條邛杖懸龜榼　一条の邛　杖《きようぢやう》　亀榼を懸け
雙角吳童控馬銜　双角の呉童　馬銜を控《ひか》ふ
晩入東城誰識我　晩に東城に入るも誰か我を識らん
短靴低帽白蕉衫　短靴低帽　白蕉衫

（「東城晩帰」巻六七　3376）

濕灑池邊地　湿は池辺の地に灑《そそ》ぎ
涼開竹下扉　涼は竹下の扉を開く
露牀青篾簟　露牀　青篾《せいべつ》の簟《すのこ》
風架白蕉衣　風架　白蕉の衣

（「時熱少見客、因詠所懐」巻六八　3455）

午飡何所有　午飡　何の有る所ぞ
魚肉一兩味　魚肉　一両味
夏服亦無多　夏服　亦た多き無し
蕉紗三五事　蕉紗　三五事

（「夏日閑放」巻六九　3517）

「東城晩帰」詩には「白蕉衫」で夏の暑さをしのぐといったニュアンスは稀薄であるが、他の四首はどの詩を見ても、「蕉衣」「蕉衫」「蕉紗」を愛用することで夏の暑さをしのぎ、心地よく過ごしているさまが伺える。

これらの詩について制作時期を見るならば、「偶詠」詩が太和三年（八二九）、五十八歳、「晩夏閑居……」詩・「東城晩帰」詩・「夏日閑放」詩が開成三年（八三八）、六十七歳、「時熱少見客……」詩が開成五年（八四〇）、六十九歳の時の作ということになる。芭蕉布の夏服を愛用し、その着心地の良さを詩にうたうようになるのは、かなり高齢に達してからのこと、言い換えれば、年齢を重ねて、夏の暑さが体にこたえるようになってからの好みということになるのだろうか。

ここで他の詩人にあっては「蕉衫」「蕉衣」などがどのようにうたわれているのか、その様相を確かめておきたい。といっても、実は白居易以外の詩人の用例は、ほとんど見出すことが出来ず、今のところ、四例のみである。

疏衣蕉縷細　　疏衣蕉縷細やかに
爽味茗芽新　　爽味茗芽新たなり
鐘絶滴殘雨　　鐘絶えて残雨滴り
螢多無近鄰　　蛍多くして近鄰無し
（賈島「黄子陂上韓吏部」『唐賈浪仙長江集』巻三）

將軍邀入幕　将軍　邀《むか》へて幕に入り
束帯便離家　束帯　便ち家を離る
身暖蕉衣窄　身暖かにして蕉衣窄《せま》く
天寒磧日斜　天寒くして磧日斜めなり
（賈島「送陳判官赴綏徳」『唐賈浪仙長江集』巻四）

僧雖與筒簟　僧は筒簟を与ふと雖も
人不典蕉衣　人は蕉衣を典せず
（皮日休　臨頓為呉中偏勝之地、陸魯望居之不出、郛郭曠若郊墅、余每相訪欵然惜去、因成五言十首、奉題屋壁其五　『全唐詩』巻六一二）

短燭初添蕙幌影　短燭初めて蕙幌《けいくわう》の影を添へ
微風漸折蕉衣稜　微風漸く蕉衣の稜を折る
（陸亀蒙「早秋呉体寄襲美」『全唐詩』巻六二六）

賈島の「黄子陂上韓吏部」詩、陸亀蒙「早秋呉体寄襲美」詩は明らかに自身が夏服として着用している芭蕉布の衣服をうたっていることがわかるが、何かの傾向を見出すには例が少なすぎるであろう。むしろ、白居易の用例、および服装の好みを際だたせることになるようである。

そして白居易が夏服の心地よさをうたうのは、実は「蕉衫」「蕉衣」などの芭蕉布の衣服に限ったことではない。例えば「葛衣」についてもそうである。

風竹散清韻　風竹　清韻を散じ
煙槐凝緑姿　煙槐《えんくわい》　緑姿を凝らす
日高人吏去　日高くして人吏去り
閑坐在茅茨　閑坐して茅茨《ぼうし》に在り
葛衣禦時暑　葛衣　時暑を禦ぎ
蔬飯療朝飢　蔬飯　朝飢を療《い》やす
持此聊自足　此を持して聊《いささ》か自ら足る
心力少營爲　心力　営為少なし

（「官舎小亭閑望」巻五　0187）（元和二年〈八〇七〉三十六歳）

蘆簾前後巻　蘆簾　前後に巻き

竹簟當中施
清泠白石枕
疏涼黃葛衣
開衿向風坐
夏日如秋時
嘯傲頗有趣
窺臨不知疲

竹簟　当中に施す
清泠たり　白石の枕
疏涼なり　黄葛の衣
衿を開いて風に向かつて坐すれば
夏日　秋時の如し
嘯傲《せうがう》　頗る趣有り
窺ひ臨めば疲れを知らず

（「新構亭台示諸弟姪」巻六　0255）（元和七～九年〈八一二～八一四〉四十一～四十三歳）

郊居人事少
晝臥對林巒
窮巷厭多雨
貧家愁早寒
葛衣秋未換

郊居　人事少に
昼臥《ちうぐわ》して林巒《りんらん》に対す
窮巷　多雨を厭ひ
貧家　早寒を愁ふ
葛衣　秋未だ換へず

書巻病仍看　　書巻　病んで仍《な》ほ看る
若問生涯計　　若《も》し生涯の計を問はば
前溪一釣竿　　前渓の一釣竿

（「秋暮郊居書懐」巻一三　0685）（貞元十六年〈八〇〇〉以前
二十九歳以前）

靜連蘆簟滑　　静は蘆簟の滑らかなるに連なり
涼拂葛衣單　　涼は葛衣の単なるを払ふ
豈止消時暑　　豈止《あにた》だ時暑《じしょ》を消するのみならんや
應能保歳寒　　応《まさ》に能《よ》く歳寒を保つべし
莫同凡草木　　凡草木《ぼんそうもく》と同じく
一種夏中看　　一種　夏中に看る莫れ

（「題盧秘書夏日新栽竹二十韻」巻一五　0809）（元和十年〈八一
五〉四十四歳）

盡日湖亭臥　　尽日湖亭に臥す

心閑事亦稀
起因殘醉醒
坐待晚涼歸
松雨飄藤帽
江風透葛衣
柳隄行不厭
沙軟絮霏霏

葛衣疏且單
紗帽輕復寬
一衣與一帽
可以過炎天
止於便吾體
何必被羅紈

心閑にして事亦た稀なり
起くるは残酔の醒むるに因り
坐するは晩涼の帰るを待つ
松雨　藤帽を飄へし
江雨　葛衣に透る
柳隄《りうてい》　行きて厭《いと》はず
沙《すな》軟らかにして絮《わた》霏《ひ》霏《ひ》たり

（「湖亭晩帰」巻二〇　1366）（長慶三年〈八二三〉五十二歳）

葛衣　疏にして且つ単なり
紗帽　軽くして復た寛なり
一衣と一帽と
以て炎天を過すべし
吾が体に便なるに止まる
何ぞ必ずしも羅紈《らぐわん》を被らんや

宿雨林笋嫩
晨露園葵鮮
烹葵炮嫩笋
可以備朝飡
止於適吾口
何必飫腥羶
飯訖盥漱已
捫腹方果然
婆娑庭前歩
安穏窗下眠
外養物不費
内頤心不煩
不費用難盡
不煩神易安

宿雨　林笋《りんじゆん》嫩《やわ》らかに
晨露　園葵鮮なり
葵を烹《に》　嫩笋《どんじゆん》を炮《た》き
以《もつ》て朝飡に備ふべし
吾が口に適ふに止まる
何ぞ必ずしも腥羶《せいせん》に飫《あ》かんや
飯し訖《をは》り盥漱《くわんそう》し已み
腹を捫《な》づれば方に果然たり
婆娑《ばさ》として庭前に歩み
安穏にして窗下に眠る
外養　物費えず
内頤《ないい》　心煩《わずら》はしからず
費《つひ》えざれば用尽き難く
煩はしからざれば神安んじ易し

庶幾無夭閼　　庶幾《こひねが》はくは夭閼《えうあつ》すること無く
得以終天年　　以て天年を終ふるを得ん

（「夏日作」巻六三　3043）（開成元年〈八三六〉六十五歳）

この「夏日作」詩は、全体の気分を示すために、長いが全文を引いた。
また、「衣葛」＝葛を衣る、という表現も含めるならば、

餘杭邑客多羇貧　　餘杭の邑客　羇貧多く
其間甚者蕭與殷　　其の間甚だしき者は蕭と殷と
天寒身上猶衣葛　　天寒くして身上猶《な》ほ葛を衣
日高甑中未拂塵　　日高くして甑中《そうちゆう》未だ塵を払はず

（「酔後狂言贈蕭殷二協律」巻一二　0606）（長慶二年〈八二二〉
五十一歳）

という例もある。
これらの詩のうち、「秋暮郊居書懐」詩にあっては、秋になったのにまだ「葛衣」を着ていて、秋にふさわしい服装が出来ない、と「貧家」の暮らしぶりをうたう表現で

あるし、「題盧秘書夏日新栽竹二十韻」詩では、竹のさわやかなさまを強調するために用いられたものである。「酔後狂言酬贈蕭殷二協律」詩に至っては、貧困のために寒くなってもまだ夏服の「葛衣」を着ている、と冷やかしているのであって、いずれも白居易自身の服装ではないし、またその着心地をうたうものではない。けれども他の四首はみな自分自身が着ている夏服としての「葛衣」の着心地の良さ、涼しさをうたっているのであって、特に「湖亭晩帰」詩の「江風　葛衣を透る」の句は、「晩帰府」詩の「緑槐　風は透る　紫蕉衫」に通じるような気分を感じさせるのである。

　そしてこの「葛衣」についても、作者自身が「葛衣」を着ていて、その着心地の良さ、涼しさをうたう作品は少ない。十分な調査をしたわけではないが、手許のメモによって例を挙げておくならば、

　鹿巾藜杖葛衣輕　　鹿巾《ろくきん》　藜杖《れいじやう》　葛衣軽く
　雨歇池邊晩吹清　　雨歇《や》んで池辺に晩吹清し
　正是如今江上好　　正に是れ　如今　江上好し
　白鱗紅稻紫蓴羹　　白鱗　紅稲《こうたう》　紫蓴羹《しじゆんかう》

（韋荘「雨霽池上作呈侯学士」『全唐詩』巻六九七）

葛衣霑汗功雖健　葛衣　汗に霑ひ　功健なりと雖《いへど》も
紙扇搖風力甚卑　紙扇　風を揺らし　力甚だ卑なり
苦熱恨無行脚處　苦熱無きを恨む　行脚の処
微涼喜到立秋時　微涼到るを喜ぶ　立秋の時

（斉己「城中晩夏思山」『全唐詩』巻八四六）

などがそれに当たるであろうか。

やや変わったところでは、司空曙の「苦熱」詩に

暑氣發炎州　暑気　炎州に発し
焦煙遠未收　焦煙　遠く未だ収まらず
嘯風兼熾燄　風に嘯けば燄を熾《さか》んにするを兼ね
揮汗訝成流　汗を揮へば流れを成すを訝る
鸛鵲投林盡　鸛《くわん》鵲《じやく》林に投じて尽き
龜魚擁石稠　亀魚石を擁して稠《おほ》し

漱泉齊飲酎　泉に漱げば酎を飲むに斉しく
衣葛劇兼裘　葛を衣れば裘を兼ぬるよりも劇し
（『全唐詩』巻二九三）

という例がある。この詩は「葛衣」が涼しく、着心地のよいものだという前提に立っているものの、涼しさや心地よさをうたうのではなく、涼しいはずの「葛衣」を着ているのに、皮衣を重ね着するよりも暑さが甚だしいと、暑さを強調する表現になっているのが面白い。

このように見てくると、先に述べたとおり、作者自身が「葛衣」を着ていて、その涼しさ、心地よさをうたうという点で、白居易のうたいぶりが他の詩人とはいささか異なっていることに気づかされるのである。

## 三

これまで「蕉衫」「蕉衣」「葛衣」などの夏服に関する詩を見てきたが、ここで芭蕉・葛などの衣服の素材から離れて、「単衣＝ひとえもの」はどのようにうたわれているのか、精査を経たものではないが、大まかな様相を見ておきたい。なお、「単衣」と「衣単」（訓読すれば、「衣単なり」）の両方の例を挙げておく。

まず目につくのは、生活の貧困・困窮をいうものである。

遠道行既難　遠道　行既に難く
家貧衣復單　家貧にして衣復た単なり
嚴風吹積雪　厳風　積雪を吹き
晨起鼻何酸　晨《あした》に起くれば鼻何ぞ酸なる
（孟雲卿「今別離」『全唐詩』巻一五七）

相識應十載　相識　応に十載なるべきに
見君只一官　見る　君　只一官
家貧祿尙薄　家貧に禄尚ほ薄し
霜降衣仍單　霜降りて衣仍《な》ほ単なり
（岑参「送李翥遊江外」『岑嘉州詩』巻一）

老妻臥路啼　老妻は路に臥して啼く

歳暮衣裳單　　歳暮　衣裳単なり

（杜甫「垂老別」『杜詩鏡銓』巻五）

可怜身上衣正單　　怜れむべし　身上　衣正に単なるに
心憂炭賤願天寒　　心に炭の賤きを憂へて　天の寒からんことを願ふ

（白居易「売炭翁」『文集』巻四　0156）（元和四年〈八〇九〉三十八歳）

停盃問生事　　盃を停めて生事を問へば
夫種妻兒穫　　夫は種《う》ゑ　妻児は穫る
筋力苦疲勞　　筋力苦だ疲労し
衣食長單薄　　衣食長へに単薄

（白居易「観稼」『文集』巻六　0253）（元和七年〈八一二〉四十一歳）

などの例を挙げることが出来るが、また、自分の豊かな身の上を顧みて貧しい人のことを思うといった抽象的な表現で、

曾爲白社羈遊子　曽て白社の羈遊の子と為り
今作朱門醉飽身　今は朱門の酔飽の身と作《な》る
十萬戸州尤覺貴　十万戸の州　尤《もつも》も貴きを覚ゆ
二千石祿敢言貧　二千石の禄　敢へて貧しと言はんや
重裘每念單衣士　裘を重ねては毎《つね》に単衣の士を念ひ
兼味嘗思旅食人　味を兼ねては嘗《つね》に旅食の人を思ふ
新館寒來多少客　新館寒くして来《きた》る多少の客
欲迴歌酒煖風塵　歌酒を迴らして風塵を煖めんと欲す
（白居易「題新館」『文集』巻五四　2444）（宝暦元年〈八二五〉五十四歳）

という用法、また「単衣」ではなく「単衫」という語を用いているが、寒中に単衣ものしか着ていない胥吏のさまをうたう、

何因散地共徘徊　何に因りて散地に共に徘徊する
人道君才我不才　人は道ふ　君は才あり我は不才と

騎少馬蹄生易蹶
用稀印鎖澀難開
妻知年老添衣絮
婢報天寒撥酒醅
更愧小胥諮拜表
單衫衝雪夜深來

騎ること少なくして馬蹄生にして蹶き易く
用ふること稀にして印鎖渋りて開き難し
妻は年老いたるを知りて衣絮を添へ
婢は天寒きを報じて酒醅《しゅばい》を撥す
更に愧づ　小胥の拝表を諮り
単衫　雪を衝きて夜深けて来るに

（白居易「贈皇甫庶子」『文集』巻五三　2392）（宝暦元年〈八二五〉五十四歳）

という例もある。

ついで目につくのは、先の貧困の表現に似ているが、旅にあって、生活上の苦労をしているさまをいうものである。出征兵士の苦労をうたうことも多い。

匹馬行將久
征途去轉難
不知邊地別

匹馬行きて将に久しからんとし
征途去きて転《うた》た難し
知らず　辺地の別れ

二、白居易の単衣もの

祇訝客衣單　祇《ただ》訝る　客衣単なるを

（高適「使青夷軍入居庸三首」其一『高常侍集』巻六）

寒硤不可度　寒硤度るべからず
我實衣裳單　我実に衣裳単なり
況當仲冬交　況《いは》んや仲冬の交に当り
泝沿增波瀾　泝沿　波瀾を増すをや

（杜甫「寒硤」『杜詩鏡銓』巻七）

有求彼樂土　彼の楽土を求むる有り
南適小長安　南のかた小長安に適《ゆ》かんとす
(1)別我舟楫去　我が舟楫の去るに別れ
覺君衣裳單　君が衣裳の単なるを覚ゆ

（杜甫「別董頲」『杜詩鏡銓』巻一九）

恕己獨在此　己を恕して独り此に在り
多憂增內傷　憂へ多くして増ゝ内に傷む

偏裨限酒肉　偏裨は酒肉に限られ
卒伍單衣裳　卒伍は衣裳単なり

（杜甫「入衡州」『杜詩鏡銓』巻二〇）

山縣秋雲闇　山県秋雲闇く
茅亭暮雨寒　茅亭暮雨寒し
自傷庭葉下　自ら傷む　庭葉下るを
誰問客衣單　誰か問ふ　客衣単なるを

（戎昱「羅江客舍」『全唐詩』巻二七〇）

孤賤相長育　孤賤　相長育し
未曾爲遠遊　未だ曽て遠遊を為さず
誰不重歡愛　誰か歓愛を重んぜざらんや
晨昏闕珍羞　晨昏　珍羞を闕く
出門念衣單　門を出でて衣の単なるを念ふ
草木當窮秋　草木窮秋に当る

## 二、白居易の単衣もの

（王建「留別舍弟」『全唐詩』巻二九七）

平生共貧苦　平生貧苦を共にし
未必日成歡　未だ必ずしも日々歓を成さず
及此暫爲別　此《ここ》に及んで暫く別れを為す
懷抱已憂煩　懐抱已に憂煩《ゆうはん》す
況是庭葉盡　況《いは》んや是れ庭葉尽き
復思山路寒　復た山路の寒きを思ふをや
如何爲不念　如何《いかん》ぞ為に念はざらん
馬瘦衣裳單　馬は痩せ　衣裳は単なり

（白居易「別舍弟後月夜」『文集』巻九　0411）（元和五年〈八一〇〉三十九歳）

黄昏慘慘天微雪　黄昏惨惨として　天微かに雪ふり
修行坊西鼓聲絕　修行坊西　鼓声絶ゆ
張生馬瘦衣且單　張生　馬痩せ　衣且つ単なり

夜扣柴門與我別　夜柴門を扣《たた》きて我と別る

（白居易「送張山人帰嵩陽」『文集』巻一二　0583）（元和九年[2]～十年〈八一四～八一五〉四十三～四十四歳）

失枕驚先起　枕を失ひ驚きて先づ起く
人家半夢中　人家　半ばは夢中なり
聞雞憑早晏　雞を聞いて早晏を憑《たよ》り
佔斗認西東　斗を佔《うかが》ひて西東を認む
轡濕知行露　轡《たづな》　湿《うるほ》ひて行露を知り
衣單覺曉風　衣単にして暁風を覚ゆ

（許渾「早行」『全唐詩』巻五三二）

健兒立霜雪　健児　霜雪に立ち
腹歉衣裳單　腹歉《あきた》らずして衣裳単なり
饋餉多過時　饋餉《きしやう》　多く時を過ぎ
高估銅與鉛　高估　銅と鉛と

二、白居易の単衣もの

（李商隠「行次西郊作一百韻」『全唐詩』巻五四一）

還失禮官求　還た礼官の求めに失し
花時出雍州　花時　雍州を出づ
一生爲遠客　一生遠客と為り
幾處未曾遊　幾処か未だ曽て遊ばざる
故疾江南雨　故疾　江南の雨
單衣薊北秋　単衣　薊北《けいほく》の秋
茫茫數年事　茫茫たり　数年の事
今日涙倶流　今日　涙倶に流る

（黄滔「下第出京」『全唐詩』巻七〇四）

休糧知幾載　糧を休むること　知る幾載ぞ
臉色似桃紅　臉色桃の似く紅なり
半醉離城去　半酔城を離れて去らんとし
單衣行雪中　単衣　雪中を行く

（李建勛「送喩煉師帰茅山」『全唐詩』巻七三九）

荊門來幾日　　荊門来ること幾日
欲往又囊空　　往かんと欲して又嚢空し
遠客歸南越　　遠客　南越に帰らんとして
單衣背北風　　単衣　北風に背く

（斉己「送朱秀才帰閩」『全唐詩』巻八四三）

などを挙げることが出来る。先に「蕉衣」の例として挙げた賈島の「送陳判官赴綏徳」詩も、これに含めて考えてよいであろう。なお李建勛詩は、修行を積んだ道士の超俗的な生活ぶりをうたうものであり、簡素な衣服を描写していても、生活上の不如意や行旅の苦労をうたうわけではあるまい。

そしてここでもっとも注目すべき、「ひとえもの」本来の意味、晩春から夏、初秋にかけての服装としてうたわれている例がある。

陰竇藏煙濕　　陰竇　煙湿を蔵し
單衣染焙香　　単衣　焙香染む

二、白居易の単衣もの

（武元衡「津梁寺採新茶与幕中諸公遍賞芳香尤異因題四韻兼呈陸郎中」『全唐詩』巻三一六）

銅壺方促夜
斗柄暫南回
稍嫌單衣重
初憐北戸開
西園花已盡
新月爲誰來

銅壺方《まさ》に夜を促し
斗柄暫く南に回る
稍や嫌ふ　単衣の重きを
初めて憐れむ　北戸の開くを
西園　花已に尽く
新月　誰が為にか来る

（劉禹錫「初夏曲三首」其一『全唐詩』巻三五四）

絶跡念物閒
良時契心賞
單衣頗新綽
虚室復清敞

絶跡　物の間なるを念ひ
良時　心賞に契《かな》ふ
単衣頗る新綽
虚室復た清敞

（元稹「春餘遺興」『全唐詩』巻四〇〇）

坐整白單衣　坐して白単衣を整へ
起穿黄草屨　起ちて黄草屨を穿つ
朝飧盥漱畢　朝飧　盥漱畢《をは》り
徐下階前歩　徐に下りて階前に歩む
暑風微變候　暑風微かに候を変じ
晝刻漸加數　昼刻漸く数を加ふ
院静地陰陰　院静にして　地陰陰たり
鳥鳴新葉樹　鳥は鳴く　新葉の樹
獨行還獨臥　独り行き還た独り臥す
夏景殊未暮　夏景　殊に未だ暮れず
不作午時眠　午時の眠りを作さずんば
日長安可度　日長くして安んぞ度るべき

（白居易「昼寝」『文集』巻一〇　0461）（元和八年〈八一三〉四十二歳）

四月天氣和且清　　四月天気和して且つ清し
綠槐陰合沙隄平　　緑槐陰《かげ》合して沙隄平らかなり
獨騎善馬銜鐙穩　　独り善馬に騎り銜鐙穏かなり
初著單衣支體輕　　初めて単衣を著けて支体軽し

（白居易「七言十二句、贈駕部呉郎中七兄」『文集』巻一九　1280）（長慶二年〈八二二〉五十一歳）

青苔地上銷殘暑　　青苔の地上　残暑銷え
綠樹陰前逐晚涼　　緑樹の陰前　晩涼を逐ふ
輕屐單衣薄紗帽　　軽屐　単衣　薄紗の帽
淺池平岸庳藤床　　浅池　平岸　庳《ひく》き藤床

（白居易「池上逐涼二首」其一『文集』巻六六　3264）（開成元年〈八三六〉六十五歳）

捲簾天色靜　　簾を捲けば天色静かに
近瀨覺衣單　　瀬に近くして衣の単なるを覚ゆ

蕉葉猶停翠　　蕉葉猶ほ翠を停め
桐陰已爽寒　　桐陰已に爽寒なり
（朱慶餘「和劉補闕秋園寓興之什十首」其八　『全唐詩』巻五一四）

雲密露晨暉　　雲密に露晨に暉く
西園獨掩扉　　西園　独り扉を掩ふ
雨新臨斷火　　雨新たにして断火に臨み
春冷著單衣　　春冷ややかにして単衣を著く
（薛能「春居即事」『全唐詩』巻五六〇）

ここに白居易の作品が三首あるのが目を引く。全体の数が十分でないので、比率を出すことにはあまり意味がないが、それでも他の詩人に比べて、この種の表現が多いとはいえるのではなかろうか。また、白居易の作からは、いかにも夏服を着て心地よく過ごしているような印象を受けるのも見逃せない。

こうした気分の延長上に来る表現であろうか、「閑人」「散人」の気楽な生活状態をうたうときにも「衣単」という表現が見られるのである。

五十年來思慮熟
忙人應未勝閑人
林園傲逸眞成貴
衣食單疎不是貧
專掌圖書無過地
遍尋山水自由身
儻年七十猶強健
尚得閑行十五春

五十年来　思慮熟す
忙人は応に未だ閑人に勝らざるべし
林園に傲逸して真に貴と成る
衣食単疎なれども是れ貧ならず
専ら図書を掌る　無過の地
遍く山水を尋ぬ　自由の身
儻《も》し年七十にして猶ほ強健ならば
尚ほ閑行すること十五春なるを得ん

（白居易「閑行」『文集』巻五五　2538）（太和元年〈八二七〉五十六歳）

江湖散人天骨奇
短髪搔來蓬半垂
手提孤篁曳寒繭
口誦太古滄浪詞

江湖散人　天骨奇なり
短髪搔き来つて蓬半ば垂る
手には孤篁を提げ寒繭を曳く
口には太古の滄浪の詞を誦す

（中略）

行散任之適　　行散にして之適に任せ
坐散從傾欹　　坐散にして傾欹に従ふ
語散空谷應　　語散にして空谷に応じ
笑散春雲披　　笑散にして春雲披く
衣散單複便　　衣散にして単複便に
食散酸鹹宜　　食散にして酸鹹宜し
書散渾眞草　　書散にして真草を渾ぶ
酒散甘醇醨　　酒散にして醇醨を甘しとす
屋散勢斜直　　屋散にして勢斜直なり
樹散行參差　　樹散にして行参差たり
客散忘簪屨　　客散にして簪屨を忘れ
禽散虛籠池　　禽散にして籠池虚し
物外一以散　　物外一に散を以てす

二、白居易の単衣もの

中心散何疑　中心散なること何ぞ疑はん

（陸亀蒙「江湖散人歌」『全唐詩』巻六二一）

陸亀蒙詩は、「衣」以外の「散」の気分を見るために、長く引いた。

これらの詩には夏服の着心地のよさに止まらず、世間的なさまざまな束縛から解放された気ままで心地よい状態が「衣食単踈なり」、「衣は散に単複便なり」という表現で表されていると見てよいであろう。

このように見てくると、白居易が「晩帰府」詩において「蕉衫」の着心地のよさをうたうのは、「蕉衫」や「蕉衣」に限ったことでなく、「葛衣」や、更に「単衣」を含めて、広く夏の単衣ものの涼しさ、着心地の良さをうたうものであることに気づく。つまり「蕉衫」「蕉衣」は、単衣ものの一部として考えるべきものであろう。また、そのように広く単衣ものの着心地の良さをうたうのは、引用の詩句の後に記しておいたとおり、元和二年（八〇七）、三十六歳の時の作「官舎小亭閑望」に既に見られるのであり、老境に入ってからの好みということではないことも確かめられる。

# 四

では、白居易のこのような単衣ものに対する執着は、何に由来するのであろうか。ここで前に引いた詩をもう一度見るならば、白居易の人生観に関わるような表現があるのに気づく。

「官舎小亭閑望」には、「葛衣　時暑を禦ぎ、蔬飯　朝飢を療やす。此を持して聊か自ら足る、心力　営為少なし」とうたって、簡素な「葛衣」と「蔬飯」で暑さを禦ぎ、朝の飢えを療やすことで「心力」をついやさずにすみ、自足の念を味わうことが出来るという。また「夏日作」には、「葛衣　疏にして且つ単なり、紗帽　軽くして復た寛なり。一衣と一帽と、以て炎天を過すべし」＝「葛衣」と「紗帽」で炎天をしのぐことができればよいというが、それは「吾が体に便なるに止まる。何ぞ必ずしも羅紈を被らんや」＝体が楽に過ごせればそれでよく、贅沢な「羅紈」は不要である。「宿雨林笋嫩らかに、晨露　園葵鮮なり。葵を烹、嫩笋を炮き、以て朝飡に備ふべし」＝庭に生える「葵」や「笋」の朝食を摂れればそれでよく、「吾が口に適ふに止まる。何ぞ必ずしも腥羶に飫かんや」＝自分の好みにあえばなにも肉類の美食を求めることもない。そうすれば「外養　物費えず」＝体を養うには物の費えがないし、「内頤　心煩はしからず」＝内なる心を養うには心を煩わさなくてすむ。それゆえ「費えざれば用尽き難く、煩わしからざれば神安んじ易し」＝費えがなければ財を尽くすことがないし、心を煩わさなければ精神が安定していられる、という。

これらの詩句を見る限り、白居易にあっては「葛衣」や「蔬飯」（具体的に材料を言えば「葵」「筍」の「朝飡」）は心を煩わさず、安定した精神で生活するための要因になっていることになる。

こうした人生観がよりはっきりとうたわれたのが「閑行」の、「五十年来　思慮熟す。忙人は応に未だ閑人に勝らざるべし。林園に傲逸して真に貴と成る。衣食単疎なれども是れ貧ならず」＝「衣食」が「単疎」なのは「閑人」の境地にあればこそのことなのだ、という表現なのであろう。些か飛躍した言い方ではあるが、単衣もののもたらしてくれる心地よさは、心身の意にかなう快適さ、特に「身」の快適さを支えてくれるものだったのである。

このように考えるならば、白居易の単衣ものについての執着は、彼の閑適意識の表出と見なすことが出来るであろう。そのことを、別の面から見ておきたい。夏服の涼しさではなく、冬服の暖かさについての好みである。白居易以外の詩人があまりうたうことがない題材であるが、「布裘」(3)に関するうたいかたである。

桂布白似雪　　桂布　雪よりも白く
呉綿軟於雲　　呉綿　雲よりも軟らかなり
布重綿且厚　　布は重く　綿は且つ厚し
爲裘有餘溫　　裘を為りて餘温有り
朝擁坐至暮　　朝に擁して坐して暮れに至り
夜覆眠達晨　　夜覆いて眠りて晨に達す
誰知嚴冬月　　誰か知らん　厳冬の月
支體暖如春　　支体暖かきこと春の如きを

(「新製布裘詩」『文集』巻一　0055)

布裘寒擁頸　　布裘　寒くして頸を擁し

氈履温承足　　氈履　温かにして足を承く
獨立氷池前　　独り立つ氷池の前
久看洗霜竹　　久しく看る洗霜の竹
（「洗竹」『文集』巻六九　3521）

起戴烏紗帽　　起きて烏紗の帽を戴き
行披白布裘　　行きて白布の裘を披る
爐温先煖酒　　炉温かにして先づ酒を煖め
手冷未梳頭　　手冷ややかにして未だ頭を梳らず
（「初冬早起寄夢得」『文集』巻六四　3100）

などの例は、「布裘」の暖かさ、そのもたらす心地よさをうたったものである。もっとも「初冬早起寄夢得」詩はもう一歩進んで、そういう身なりで暮らす気楽さをも内包しているかもしれない。そしてこのケースでも、白居易の生き方と結びついたうたいかたが見られる。

朝飢有蔬食　　朝に飢ゑて蔬食有り

夜寒有布裘　夜寒くして布裘有り
幸免凍與餒　幸に凍と餒とを免る
此外復何求　此の外　復た何をか求めん
寡欲雖少病　欲寡くして病少なしと雖も
樂天心不憂　天を楽しんで心憂へず

（「永崇里観居」『文集』巻五　0179）

終日一蔬食　終日一蔬食
終年一布裘　終年一布裘
寒來彌懶放　寒来　彌ゝ懶放
數日一梳頭　数日　一たび頭を梳る
朝睡足始起　朝には眠足りて始めて起き
夜酌醉卽休　夜には酌んで酔へば即ち休す
人心不過適　人心　適ふに過ぎず
適外復何求　適ふの外　復た何をか求めん

（「適意二首」其一　『文集』巻六　0236）

長松樹下小溪頭　　長松樹下　小渓の頭
班鹿胎巾白布裘　　班鹿胎巾　白布裘
藥圃茶園爲產業　　薬圃茶園は産業為り
野麋林鶴是交遊　　野麋林鶴は是れ交遊

（「香炉峰下新卜山居、草堂初成、偶題東壁」重題其二　『文集』巻一六　0977）

晚起春寒慵裹頭　　晩に起き春寒くして頭を裹むに懶く
客來池上偶同遊　　客来つて池上に偶ゝ同遊す
東臺御史多提擧　　東台の御史　多く提挙す
莫按金章繫布裘　　金章を按じて布裘に繫くる莫れ

（「姚侍御見過戯贈」『文集』巻五五　2562）

腹空先進松花酒　　腹空しくして先づ松花の酒を進め
膝冷重裝桂布裘　　膝冷ややかにして重ねて桂布の裘を装ふ

若問樂天憂病否　若し楽天に病を憂ふるや否やを問はば
樂天知命了無憂　天を楽しみ　命を知りて　了に憂ふる無し
（「病中詩十五首」枕上作『文集』巻六八　3409）

暖臥摩綿褥　暖かに摩綿の褥に臥し
寒傾藥酒螺　寒には薬酒の螺を傾く
昏昏布裘底　昏昏たり　布裘の底
病醉睡相和　病酔　睡りて相和す
（「酬夢得見喜疾瘳」『文集』巻六八　3426）

これらの詩句からは、「布裘」が心安らかな状態で暮らすための要因になっていることが読み取れるのである。単衣ものと「布裘」と、涼しさと暖かさとの違いがあっても、これもやはり心身の快適さを支えるものであった。

白居易の「閑適」について、近年、論ずる人が多い。(4) その驥尾に附して結論めいたことを述べて、小稿のまとめとしよう。

白居易が「晩帰府」詩において「紫蕉衫」の涼しさ、着心地のよさをうたったのは、

「葛衣」や他の単衣ものと同じく、心身、特に身の快適さを支えてくれるものとしてうたったものであった。そのことは、傍証として「布裘」の例を見ることでも確かめられるであろう。そして白居易の閑適の気分を読むとき、身体的な要素を考えるに当たって、衣服の役割について考えることも意味があるように思われるのである。

注

（1）「別」は、『全唐詩』には「到一作別」に作り、『杜詩詳註』巻二二には「別一作到」に作る。いま、「別」を採る。

（2）花房英樹氏は元和二年～一〇年（八〇七～八一五）の作とし、朱金城氏は元和九年（八一四～八一五）の作とする。いま、朱氏の説によった。

（3）中木愛氏「白居易の幸福意識―「新製布裘」「酔後狂言」「新作綾襖成」三首を中心に―」（『中国中世文学研究四十周年記念論文集』二〇〇一年）は、「新製布裘」詩に、白居易の衣食住の充足にもとづく幸福感を読みとる。

（4）すべてを挙げることは出来ないが、幾つかを挙げておく。
西村富美子氏「白居易の閑適詩について―下邽退去時―」（『古田教授退官記念中国文学語学論集』）、下定雅弘氏「閑適詩―その諸観念の消長をめぐって―」（『白氏文集を読む』）、川合康三氏「白居易閑適詩攷」（『未名』九号）、松浦友久氏「白居易における「適」の意味―詩語史における独自性を基礎として―」（『中国詩文論叢』一一号）、埋田重夫氏「白居易の閑適詩―詩人に復元力を与えるもの―」（『白居易研究講座』二）、埋田重夫氏「白居易と身体表現―詩人と詩境を結ぶもの―」（『中国文学研究』二〇号）澤崎久和氏「白居易詩「飽食」考―白居易の詩における身体と精神―」（「福井大学教育学部紀要第Ⅰ部人文科学（国語学・国文学・中国学編）」四七号）など。

# 三、白居易「春末夏初閑遊江郭其二」詩小考

## ―その訓みと解釈について―

### はじめに

白居易に「春末夏初閑遊江郭」と題する二首連作の詩がある。本稿はその第二首の訓みと解釈についていささかの考察を加え、わたくしなりの案を提示してみたいと思うものである。

まず、当該詩の本文を示しておく。訓みについての考察を加えるので、いま、書き下しは略に従う。なお、本稿において白居易の詩を引用するに当たっては、特に断らぬ限り那波本に拠ることにする。ただし印刷の便宜上、異体字は通行の字体に改めておく。

柳影繁初合
鶯聲澁漸稀
早梅迎夏結
殘絮送春飛
西日韶光盡
南風暑氣微
展張新小簟
熨帖舊生衣
綠蟻杯香嫩
紅絲膾縷肥
故園無此味
何必苦思歸

（『文集』巻一六　0935）

問題にしたいのは、第一、二句（特に第二句）、第八句及び第九、十句の訓みと解である。

## 一

まず、一首全体について説明しておきたい。

詩が作られたのは元和十一年（八一六）、江州での作であり、白居易は江州司馬の職にあった（花房英樹氏『白氏文集の批判的研究』「作品表」、朱金城氏『白居易集箋校』）。詩の題意をいえば、元和十一年の晩春初夏の候に、江州の近くの江辺の町に遊んでの景物、心境をうたった詩ということになる。

そこで問題の第一、二句である。訓みと解について考えるために、まず、手許で見られる、先行の注解書の書き下し・語釈・通釈などを参照、検討したい。参照したのは、佐久節氏『白楽天詩集』（二）（国民文庫刊行会　続国訳漢文大成　昭和二年。以下、国訳本と略す）、簡野道明氏『白詩新釈』（明治書院　昭和三十一年改訂版。以下、新釈本と略す）、岡村繁氏『白氏文集』（三）（明治書院　新釈漢文大系　昭和六十三年。以下、大系本と略す）の三本である。原書に附してあるルビは、必要な部分のみ括弧がきで示す。

①国訳本
書き下し　柳影繁《はん》初めて合ひ、鶯聲澁《じふ》漸く稀なり。
字解　澁　鶯の舌の能くまはらぬこと。
詩意　早や春も過ぎて夏になつたので、柳の糸も繁り合ひ、鶯の舌も滑になり、（下略）

②新釈本
書き下し　柳影繁《しげ》くして初めて合《がっ》し、鶯聲澁《しぶ》ること漸く稀なり。
摘解　澁　声がしぶりて舌が能くまはらぬ。
通釈　春も過ぎて初夏の時節となつたので、柳の影も繁り合ひ、鶯の声も滑らかになり、（下略）

③大系本
書き下し　柳影　繁《はん》にして初めて合ひ、鶯聲澁《じふ》なること漸く稀なり。
語釈　澁　言いしぶる。ここでは鶯の舌の根がまだよくまわらぬこと。

通釈　初夏になると柳葉もやっと繁り合い、鶯の声もだんだん滑らかになってきたし、（下略）

右の書き下し・解釈を見るに、まず国訳本は書き下しでは「繁」が「合ひ」、「渋」が「稀」になった、とし、「詩意」でそれを「繁りあひ」、「舌も滑らかにな」ったとやや意訳していること、新釈本は「柳の影」が「繁くして」「合し」、「鶯声」は「渋ること」が「稀」になった、とし、大系本は「柳影」が「繁（はん）にして」「合ひ」、「鶯声」は「渋（じふ）なること」が「稀」になった、と解していることが読み取れる。

つまり、句の中の主述関係で言えば、国訳本は「繁」が「合」の、「渋」が「稀」の主語ととり、新釈本・大系本は「柳影」が「合」の主語、「渋」が「稀」の主語ととっていることになる。

しかし、この二句は、一読明らかなように、対句になっているのであるから、二句の文法的な構造は同じでなくてはならない。とすれば、新釈本・大系本のように二句の主述関係を異にするとり方は、少しく無理があるように思われる。

一方、国訳本のとり方は、主述関係は同じくとっているのであるが、詩句として読むとき、「繁」が「合ひ」、「渋」が「稀」になるというのは、特に「繁」が「合」うという表現には若干無理が感ぜられるのではないか。

ここで卑見を先に述べるならば、「柳影」が「合ひ」、「鶯声」が「稀」になる、と解することで、文法構造も同じくなり、表現も無理が無くなると考えるものである。

ただ、先行三本の訓みと解釈についていささか忖度すれば、「鶯声」が「渋る」という詩語の用法を意識したところからねじれが生じたのではないかと思われる。というのは、「鶯声」が「渋る」とは、詩語としては、普通、早春の鶯がまだ滑らかに囀ることが出来ない状態を表す語なのである。

二、三の例――白居易自身の例を含めて――を挙げておこう。

紫梅發初偏　　紫梅　発して初めて偏く

黄鳥歌猶澁　　黄鳥　歌ひて猶ほ渋る

（王維　早春行　趙殿成『王右丞集箋注』巻一）

朝鶯雪裏新　　朝鶯　雪裏に新に

雪樹眼前春　　雪樹　眼前の春
帶澁先迎氣　　渋を帯びて先づ気を迎へ
侵寒已報人　　寒を侵して已に人に報ず
（韓愈「早春雪中聞鶯」『昌黎先生集』巻九）

翅低白雁飛仍重　　翅低くして白雁飛ぶこと仍ほ重く
舌澁黄鸝語未成　　舌渋りて黄鸝語未だ成らず
（白居易「南湖早春」巻一七　1027）

ところがこの詩は、早春ではなく、晩春初夏の景をうたった詩なのであるから、もはや鶯が「渋る」と表現するのは相応しくない、滑らかに囀っているのであろうと考えたところから、「渋る」のが「稀になった」＝滑らかに囀っている、と解したのではあるまいか。

だが、この詩にうたわれているのが晩春初夏の景であることを考えると、鶯もすでに盛りを過ぎたとは考えられないだろうか。第三句以下、詩に描かれるのは、みな夏らしさを感じさせる景物である。実を結んだ早梅、残りの柳絮、春のやわらかみの失せた西日、微かに暑気を感じさせる南風、簟（たかむしろ）、夏物の生衣など、どれをとっても夏らしいものばかりである。その中にあって、鶯が滑らかに囀るようになったとうたうのは、一首全体の季節感にややそぐわない感がある。とすれば問題は、「鶯声」が「渋る」という表現がこの時期に合うか否か、言い換えれば晩春初夏の、盛りを過ぎた老鶯の声を「渋る」と表現するか否かということになろう。実はそのような例を見出すことは出来るのである。いま、手許のメモによって示しておく。

鶯澁餘聲絮墮風　鶯　餘声を渋りて　絮　風に堕ち
牡丹花盡葉成叢　牡丹　花尽きて　葉　叢を成す

（元稹「贈李十二牡丹花片因以餞行」『元稹集』巻一七）

とうたうのは、牡丹が時期を過ぎて初夏になってのことである。

東風吹盡南風來　東風吹き尽くして南風来り
鶯聲漸澁花摧頽　鶯声漸く渋りて　花　摧頽

（元稹「有酒十章」第六『元稹集』巻二五）

というのも春が過ぎて夏が来た頃のことである。

また、これは季節の関係か、風雨に妨げられてのことか、どちらともいえそうであるが、

迎風鶯語澁　風を迎へて鶯語渋り
帯雨蝶飛難　雨を帯びて蝶飛ぶこと難し

（姚合「春晩雨中」『全唐詩』巻四九八）

という例もある。

手許の例は僅かに三例（あるいは二例）であるが、白居易と近しい元稹が、初夏の鶯の声について「渋る」という表現をしている例が二例あることに注意しておきたい。白居易も「鶯声」が「渋る」という表現は、普通は早春の鶯について用いることは熟知しており（だから「南湖早春」の如き表現があり）、その上で元稹と同様の表現を採ったのだと考えることは出来ないだろうか。上述の卑見は、この考えによるものである。すなわち「鶯聲澁漸稀」の句は、「鶯声渋りて漸く稀なり」と訓み、「初夏になって、鶯の声も盛りを過ぎ、渋るようになって、次第に稀になった」と解すべきものと考えるのである。

このような訓みにたどり着いたについては、実はヒントがある。それは和刻本『白氏長慶集』(明暦三年〈一六五七〉刊本)(汲古書院　和刻本漢詩集成九　昭和四十九年)及びそれを踏襲したと考えられる『白詩選』(源世昭編)(寛政九年〈一七九七〉刊本)の訓みである。いま、和刻本『白氏長慶集』の送りがなによって書き下しの形で訓みを示しておく。現行の送りがなの付け方に合わぬ箇所は、私に補う(以下も同じ)。

柳の影は繁〔く〕して初〔め〕て合ふ
鶯の声は渋〔り〕て漸く稀なり

というものである。この和刻本の訓点は、長澤規矩也氏の解題に「立野春節の跋に、訓点は主として架蔵の菅家点本に拠ったとある」という。あるいは平安朝以来の訓みを伝えるものかもしれない。いずれにせよ、長澤氏の言われる如く、この種の古い訓点は、今日我々が詩を解するに当たっても、なお「参考するに足りる」であろう。

## 二

第八句の訓みである。

「熨帖旧生衣」という句の「熨帖」なる語について、和刻本『白氏長慶集』、『白詩選』には「熨シ帖メリ」と送りがなが附せられてある。これは何と訓んだものであろうか。

「熨」を「のす」と訓むのは問題ないが、「帖メリ」はどうなのか。辞書に示されている古訓をみると、「タタム」という訓があるから、「のしたためり」と訓む事は推測できるのだが、「帖」に「たたむ」の義はなく、したがってその訓もないはずである。「熨帖」は、熟語としての語義は、辞書にも先行の三本にもいうとおり、布や衣服にひのしをかけ、皺を伸ばすことである。唐詩の用例も多いが、いまいちいち示すことはしない。訓みについて先行注解書三本の書き下し文を紹介しておくにとどめる。

①国訳本

舊生衣を熨帖す

②新釈本

熨帖す舊生衣

③大系本
舊生衣を熨帖す

とあって、みな熟語として「ゐてふ」と音読している。辞書の訓みにしたがえば「うつてふ」かとも思われるが、その問題は且く措く。不審が残るのは、「帖」に「たたむ」の字義がないにもかかわらず、和刻本はなぜ「のしたためり」と訓んだのか、また古訓の「タタム」はなぜそう訓んだのかということである。

実はこれについてはわたくしにはよくわからない。手がかりになりそうなことを一つ挙げておくと、この訓は『類聚名義抄』に見えることまではわかった。図書寮本『類聚名義抄』「帖」には、

熨― ノシタ、ム 白

とある。

「白」とあるところを見ると、あるいはこの「春末夏初閑遊江郭」詩の訓として附せられた訓みかもしれぬということ、「帖」一字に対して字義にもとづいて「タタム」と

いう訓を附したのではなく、二字あわせて「ノシタタム」と訓んだのではないかということが考えられる。そしてここからは全くの憶測になるのだが、上句の「展張」を「ノベハリテ」と訓むのと対にして「ノシタタム」と訓んだのではないかとも推測されるのである。先に和刻本の訓が参考にするに足りると述べたのと相反するようであるが、この場合は古い訓を伝えている点に意義はあるものの、あまり解釈に資するものではないかもしれない。

## 三

第九、十句についても、和刻本の訓が問題になる。「緑蟻杯香嫩、紅絲膾縷肥」の二句をどう訓み、解するか。まず、注解書三本の訓みと解を示してみよう。

①国訳本

書き下し　緑《りよく》蟻《ぎ》杯《はい》香《かう》嫩《どん》、紅《こう》絲《し》膾《くわい》縷《る》肥《ひ》（註　音読みするのみで、訓はない）

字解　綠蟻　濁酒。／紅絲　膾なり。我邦の刺身の如きもの。
詩意　杯中の濁酒は香気が高くて風味柔らかに、糸の如き膾は細くして肉が肥えている。
②新釈本
書き下し　綠蟻杯香《はいかう》嫩《どん》に、紅絲膾縷《くわいる》肥ゆ。
摘解　○綠蟻　酒の面に浮べる「カス」濁酒をいふ。○紅絲　細かに切つた膾（ナマス）に比す。
通釈　新に醸した濁酒は杯に満ちて香しく口あたりが佳く、紅の糸のような膾（ナマス）は肥えて味が善い。
③大系本
書き下し　綠蟻　杯香《はいかう》嫩《どん》たり、紅絲　膾縷《くわいる》肥《ひ》たり。
語釈　○綠蟻　美酒。蟻は濁酒表面の浮遊物を指す。（下略）　○膾縷　細長く糸状に切った膾（なます）。
通釈　緑の美酒をたたえた杯の香りはよういういしく、紅い糸のように切った膾はよく肥えている。

この二句についての三本の解は、語義に少許の差はあるものの大きな違いはない。「蟻」が浮いた緑の濁酒、おそらく春に醸した、できたての新酒であろう（春酒という語がある）。その杯からよい香りが立ち、新酒の初々しい、柔らかい香りがする、紅い糸のような膾、その膾の糸のように細い魚肉が肥えている、というのである。すなわち句の構造についていえば、三本とも両句の下三字を「杯香―嫩」＝杯の香りが初々しい、やわらかい、「膾縷―肥」＝膾の糸のような魚肉が肥えている、ととらえていることになる。

それに対して和刻本の訓みはどうか。いま、便宜的に送りがなの部分をカタカナで表記し、書き下し文の形で示してみる（訓読に用いる符号はカタカナに改める）。

④和刻本

緑蟻杯香シテ嫩、紅絲膾縷メテ肥。

このままではよみにくいので、若干補足しよう。引用では省略したが、「香嫩」「縷肥」には、それぞれ左傍に訓読符が附せられてあるので、「香シテ」は「香しくして」、「嫩」は「嫩（わか）く」あるいは「嫩（やはら）かに」と訓むのであろうし、「肥」は「肥ゆ」であろう。わかりにくいのは「縷メテ」である。字義から考えても辞書に示される古訓を宛てても、よみづらい。「鏤（ちりば）めて」との混乱と考えるのも、意味上通じにくい。いささか武断に過ぎるようだが、「メテ」の「メ」は訓読の符号「シテ」の誤り、「テ」は「シテ」の「テ」が誤って残ったものとみて、字義（いと。糸のようにほそながい）・古訓から「縷（ほそ）くして」と訓んでおく。

するとと和刻本の訓は、「杯香しくして嫩く」、「膾縷（ほそ）くして肥ゆ」となり、句の構造は、「杯—香嫩」＝（濁酒の）杯は香しくわかわかしい・やわらかい、「膾—縷肥」＝膾は糸のようにほそく肥えている、というかたちでとらえていることになる。つまり、和刻本の訓みは、注解書三本とは違っているが、これはこれで一解とすべきものであろう。ただ、詩句の構成としては「杯香—嫩」「膾縷—肥」のほうが自然なように思われるのであるが、如何であろうか。

# 四

最後にこの詩の訓について卑見を書き下し文で示し、一応の通釈を記しておこう。語釈は省略させていただく。また、末二句にこめられた白居易の感慨についても考えるところはあるが、これは小稿の目的ではないので、いまは言及を控えることとする。

春末夏初閑遊江郭二首其二

春末夏初、閑に江郭に遊ぶ二首其の二

柳影繁初合　柳影　繁りて初めて合ひ
鶯聲澁漸稀　鶯声　渋りて漸く稀なり
早梅迎夏結　早梅　夏を迎へて結び
殘絮送春飛　残絮　春を送りて飛ぶ
西日韶光盡　西日　韶光尽き
南風暑氣微　南風　暑気微かなり

展張新小簟　新小簟を展張し
熨帖舊生衣　旧生衣を熨帖す
綠蟻杯香嫩　緑蟻　杯香　嫩く
紅絲鱠縷肥　紅糸　鱠縷　肥ゆ
故園無此味　故園　此の味無し
何必苦思歸　何ぞ必ずしも苦ろに帰るを思はん

通釈

（初夏になって）柳の姿は葉が繁ってやっとこんもりと見えるようになり、鶯の声は滑らかでなくなり、次第に聞かれなくなってきた。早い梅が夏を迎えて実を結び、残りの柳絮が春を送るように飛び交っている。西日には春の穏やかな陽射しは失せ、南風に夏の暑気が感ぜられるが、それもまだ僅かである。そこで新しい簟（たかむしろ）をのべひろげ、古い夏の衣に火熨斗をかけたりする。

緑蟻の浮かんだ酒は杯中の香りが初々しく、紅い糸のような膾はその細い肉がよく肥えている。

故郷にはこの美味はない。なにもしきりに帰りたがることはないのだ。

# 四、白居易「答夢得秋庭独坐見贈」詩の「虫思」という表現について

## はじめに

小稿は白居易「答夢得秋庭独坐見贈」詩中の「虫思」という語について考察しようとするものである。

はじめに詩の本文と一応のよみを、那波本によって示しておく。よみは私に附したものである。

答夢得秋庭獨坐見贈　夢得の秋庭に独坐して贈らるるに答ふ

林梢穏映夕陽残　林梢穏映して　夕陽残し

庭際蕭踈夜氣寒
霜草欲枯蟲思急
風枝未定鳥棲難
容衰見鏡同惆悵
身健逢盃且喜歡
應是天教相煖熱
一時垂老與閑官

庭際蕭踈として　夜気寒し
霜草枯れんと欲して　虫思急なり
風枝未だ定まらずして　鳥の棲むこと難し
容衰へ鏡を見て　同じく惆悵す
身健に盃に逢ひて　且らく喜歓す
應に是れ天の相煖熱せしむるなるべし
一時　老いに垂として閑官を与ふ

（那波本巻六六　3287）

一

まず、この詩における「虫思」の語義について考えてみたい。

辞書類には「虫声」という語はあるが、「虫思」は二字まとまった項目としては見あたらない。だが、『大漢和辞典』の「思」の項（巻四―九九四頁）に『文選』巻一九張華「励志詩」「吉士思秋、寔感物化」とその李善注、「思、悲也」を引いて釈するとおり、「思」には「悲しむ。憂へる」の義がある。本篇の「虫思」を「虫が悲しげに鳴く」と解してよいであろう。この第三・四句は、「霜にあった草は枯れかかり、虫がしきりに悲しげに鳴いている。風に揺らぐ枝は不安定で、鳥も棲みにくそうだ」という秋の夕暮れの情景をうたったものということになる。

ただ、これだけで事足れりとしてよいのかどうか。

実は「虫思」という語は、白居易の用語としてはこの一例のみである。前に述べたとおり、辞書には立項されず、したがって用例も見あたらない。これだけでは望文生義の懼れも無しとしない。正確さを求めるならば、いま少し、他の用例を参看する必要があろうと思われる。手許のメモから、唐代の用例を示してみたい。

蟲思機杼鳴　　虫思ひて機杼鳴り

雀喧禾黍熟　　雀喧しくして禾黍熟す

（王維「宿鄭州」趙殿成『王右丞集箋注』巻四）

四、白居易「答夢得秋庭独坐見贈」詩の「虫思」という表現について

＊「虫思」の句、趙氏箋注に言うごとく、『文苑英華』には「虫鳴機杼休」に作る。また、「鳴」の字、顧元緯本には「悲」に作る。

燈光耿方寂　灯光　耿らかにして方に寂たり
蟲思隱餘淸　虫思　隠れて餘清あり
（姚係「楊参軍荘送宇文邈」『全唐詩』巻二五三）

葉飜螢不定　葉翻りて　蛍　定まらず
蟲思草無邊　虫思ひて　草　辺無し
南舍機杼發　南舎　機杼発し
東方雲景鮮　東方　雲景鮮なり
（盧綸「秋幕中夜独坐遅明因陪陳翃郎中晨謁上公因書即事兼呈同院諸公」『全唐詩』巻二七八）

蟲思庭莎白露天　　虫は庭莎に思ふ　白露の天
微風吹竹曉凄然　　微風　竹を吹き　暁に凄然たり
（羊士諤「台中遇直晨覧蕭侍御壁画山水」『全唐詩』巻三三二）

蟬鳴復蟲思　　蟬鳴きて復た虫思ひ
惆悵竹陰斜　　惆悵として竹陰斜めなり
（羊士諤「玩槿花」『全唐詩』巻三三二）

露草百蟲思　　露草　百虫思ひ
秋林千葉聲　　秋林　千葉声あり
（劉禹錫「秋晩新晴夜月如練有懐楽天」『全唐詩』巻三五八）

條鳴方有異　　条《えだ》鳴りて方に異有り
蟲思亂無端　　虫思ひて乱れて端無し

四、白居易「答夢得秋庭独坐見贈」詩の「虫思」という表現について

（穆寂「清風戒寒」『全唐詩』巻七七九）

白居易以外の例としては、以上の七例を挙げることができる。これらの詩句から窺えることを少しく確かめてゆきたい。

まず、白居易に先立つ詩人として、王維「宿鄭州」詩について見ておきたい。旅中の秋の夕暮れの景をうたった詩であるが、「機を織る音が響いて虫の声が悲しげに聞こえ、禾黍が熟して雀が騒がしくついばんでいる」という情景と考えてよいであろう。

他の六例についても見ておこう。

姚係「楊参軍荘送宇文邈」詩は、秋の夜、送別の席での作。「宴席の灯火はほのあかるく寂しげに輝き、虫の声はひそやかで清らかに響く」という情景であろう。

盧綸「秋幕中夜独坐遅明因陪陳翃郎中晨謁上公因書即事兼呈同院諸公」詩は、題から知られるとおり、秋の夜、独り座しての作。「草木の葉が風に翻って螢は落ち着いてとまることができず、虫が悲しげに鳴いて草原が広がっている」という景をうたう。

羊士諤「台中遇直晨覧蕭侍御壁画山水」詩は、題によって考えるならば、朝、壁に描かれた山水の画を見ての作。画中の景を画をみている時にあわせて「白露の候、庭のハマスゲのもとに虫がすだき、冷ややかな暁、微風が竹をそよがせている」と描出したものであろう。実景ではないが、「虫」が「思」うという状況は実景と同じと考えられよう。同じ羊士諤の「玩槿花」詩は、秋の夕暮れ、「蟬が鳴いて虫の音が響き、(日が傾いて)竹林の陰が斜めに落ちているのがもの悲しく感ぜられる」という情景。

劉禹錫「秋晩新晴夜月如練有懐楽天」詩は、題からも知られるとおり、秋の夜、「露が降りた草むらに虫がすだき、秋の林に木の葉がさやさやと音を立てている」景をうたう。

穆寂「清風戒寒」詩は、秋風に寒さが迫っているのを感じ、「風に木の枝が鳴って季節が変わり、虫の声が入り乱れて聞こえ、果てしがない」とうたう。

これらの例における「虫思」は、いずれを見ても、秋、「虫が悲しげに鳴く」あるいは「虫の悲しげな声」をいうと考えてよいであろう。

ところでこれらの例を見渡したとき、王維、盧綸の作品は他の例とは少しく異なり、「虫思」が機を織る景とともにうたわれていることに気づく。こうした措辞は何に由来するのだろうか。

## 二

いささか唐突な言い方になるが、婦人が機を織っているときに虫が鳴いている情景といえば、筆者には思婦の詩が想起される。そのような例が『玉台新詠』にある。やや長くなるが、全文を引いておこう。

洞房風已激　洞房　風已に激しく
長廊月復清　長廊　月復た清し
藹藹夜庭廣　藹藹として夜庭広く
飄飄曉帳輕　飄飄として暁帳軽し
雜聞百蟲思　雑《まじ》り聞く　百虫の思ひ
偏傷一鳥聲　偏に傷む　一鳥の声
鳥聲長不息　鳥声　長く息まず

妾心復何極　妾が心　復た何ぞ極まらん
猶恐君無衣　猶ほ恐る　君が衣無からんことを
夜夜當窻織　夜夜　窓に当りて織る

（王僧孺「與司馬治書同聞隣婦夜織」『玉台新詠』巻六）

第六句、もと「偏傷一息声」に作るが、呉兆宜『箋注玉台新詠』（広文書局　一九六六年）の校記にしたがって「息」を「鳥」に改めた。

詩は一読明らかなように、夜、機を織っている婦人が、男が冬着の準備がなく、寒さに悩まされるのを恐れているという情景をうたったもの。ここで背景に添えられている虫の声は、「促織鳴いて、懶婦驚く」（『爾雅註疏』巻九疏所引里語）という底のものではなく、離れている男を思って嘆く婦人の悲しみの伴奏ともいうべきものであろう。「百虫の思ひ＝悲しみ」は、思婦の悲しみの反映なのであった。

こうしてみると、王維と盧綸の用法は、思婦の詩の世界から展開した表現だったと言うこともできるであろう。

ところが白居易をはじめとして、他の詩人の例は思婦的な世界とは繋がってはいない。一般的な秋の景物として、悲しげな虫の声が描かれているばかりである。詩の中で鳴いている秋の虫といえば、いつから描かれるようになったかは考えるすべがあるまい。思いつくままにごく古いところを挙げれば、昆虫の種類は限定されるが、

七月在野　　七月　野に在り
八月在宇　　八月　宇に在り
九月在戸　　九月　戸に在り
十月蟋蟀　　十月　蟋蟀
入我牀下　　我が牀下に入る

（『詩経』豳風「七月」）

というのがある。しかし、いま、詩中に「虫思」という語が用いられている例を求め

るならば、梁の簡文帝作が古いところであろうか。二例を挙げることができる。

螢飛夜的的　　蛍飛んで夜的的たり
蟲思夕喓喓　　虫思ひて夕べに喓喓たり
（「秋夜」『先秦漢魏晋南北朝詩』「梁詩」巻二一）

螢翻競晩熱　　蛍翻って　晩熱に競ひ
蟲思引秋涼　　虫思ひて　秋涼を引く
（「玄圃納涼」同前　巻二二）

この二例をみれば、「虫思」が虫が鳴く意であることがよくわかる。二例とも螢が飛ぶのと対でうたわれており、さらに「秋夜」詩にあっては「喓喓」と形容されている。「喓喓」は虫の鳴き声をいう語で、『詩経』召南「草虫」「喓喓草虫」の毛伝に「喓喓、声也」とあるのにもとづく。

前に引いた王僧孺は梁代の詩人である。簡文帝は改めて言うまでもない。とすると、思婦的な世界であれ、一般的な秋の景であれ、「虫思」の語が詩に用いられるようになるのは、梁の頃からということになるだろうか。

## 三

以上に述べた如く、「虫思」という語は、おそらく梁代頃からある程度用いられるようになった語と考えることができよう。だが、唐の詩人の用例は決して多くはない。既に見たとおり、白居易には一例しかなく、他の詩人の例も七例にとどまる。それも羊士諤に二例あるのが目立つものの、他の詩人には一例ずつしかない。要するに詩語としてあまりポピュラーな語ではなかったことになる。とすると、逆に白居易詩をはじめとしてこれらの詩には、「虫思」という語を用いる何らかの理由があったのだろうか。用例の少ないことから考えれば、詩人個人の偏愛ということではなさそうである。そのように考えたとき、すぐに思い浮かぶのは、詩の韻律上、あるいは対偶など修辞上の理由である。

まず手始めに本稿論題の白居易「答夢得秋庭独坐見贈」詩について見てゆこう。この詩は七言律詩である。対偶、平仄については格式を守ることが求められる。平仄配置は次のとおりである（○で平字、●で仄字を示す。◎は平字の韻字）。

林梢隱映夕陽殘　○○●●●○◎
庭際蕭疎夜氣寒　○●○○●●◎
霜草欲枯蟲思急　○●●○○●●
風枝未定鳥棲難　○○●●●○◎
容衰見鏡同惆悵　○○●●○○●
身健逢盃且喜歡　○●○○●●◎
應是天教相煖熱　○●○○○●●
一時垂老與閑官　●○○●●○◎

問題の第三句「虫思急」は、平仄式から言っても、対偶から言っても、「○●●」とならねばならぬところである。ここで「思」字の韻目を確かめると、平声支韻と去声寘韻の二つの韻目に属している。去声寘韻に属する文字として読めば、平仄式にかなう。白居易が「虫声」「虫悲」「虫鳴」など、「○○」となる語を用いず、「虫思」を用いたのは、「悲しげに鳴く・悲しげな鳴き声」という意味を生かすのもさることながら、韻律上の理由から用いたのであったように思われる。

王維「宿鄭州」詩の場合はどうであろうか。

蟲思機杼鳴　○●○●○
雀喧禾黍熟　●○○●●（韻）

五言古体詩であり、二四不同などの平仄上の制約はあまり問題にはならないが、この二句は対になっている。「雀喧」の「●○」に対する語としては、「虫思」は「○●」とみるのがまさるのではあるまいか。

姚係「楊参軍荘送宇文邈」詩の例は、五言古詩の第十・十一句。

燈光耿方寂　○○●○●
蟲思隱餘清　○●●○◎

これも詩の形式上、平仄配置に関する制約はないが、「思」を仄字と見る方がバランスはよいのではあるまいか。

盧綸「秋幕中夜独坐遅明因陪陳翃郎中晨謁上公因書即事兼呈同院諸公」詩の例は、五言排律の第五・六句。

葉飜螢不定　●○○●●
蟲思草無邊　○●●○◎

第二字目の「思」を去声に読めば、平仄式にかなう。

羊士諤「台中遇直晨覧蕭侍御壁画山水」詩の例は、七言絶句の起・承句。

蟲思庭莎白露天　○●○○●●◎
微風吹竹曉淒然　○○○●●○◎

これも二字目の「思」を去声に読むことで平仄式にかなう。
羊士諤「玩槿花」詩の例は、五言律詩の尾聯。

蟬鳴復蟲思　○○●○●
惆悵竹陰斜　○●●○◎

これも「思」を去声に読めば平仄式にかなう。ただ、「蟬鳴復虫思」の「○○●○●」は、平仄式に合わないように見えるが、「○○○●●」となるべきところを「○○●○●」にかえてよいという、平仄の特殊形式である（王力氏『漢語詩律学』に所謂「子類特殊形式」）。

劉禹錫「秋晩新晴夜月如練有懐楽天」詩の例は、五言律詩の頸聯。

露草百蟲思　●●●○●
秋林千葉聲　○○○●◎

これも前に同じく、「思」を去声に読めば平仄式にかなう。

穆寂「清風戒寒」詩の例は五言排律の第五・六句。

條鳴方有異　○○○●●
蟲思亂無端　○●●○◎

この場合も「思」を去声に読めば平仄式にかなう。

このように見てくると、近体詩の例では「思」を去声に読み、仄字とすることで平仄式にかなっていることがわかる。また、古体詩の場合でも、仄字とすることで韻律上、対が整ったり、平仄配置のバランスがよくなっているいると考えてよいだろう。

白居易のみならず、唐の詩人たちが「虫思」という語を用いたのは、語義を生かすためもあろうが、むしろ韻律に配慮してのことであったと考えられる。

## 四

以上の事柄について、いま少し傍証になりそうなことを挙げておきたい。

第一に、さきに先行例として見た、梁の詩である。

梁代には、言うまでもないが、まだ近体詩の平仄式は確立していない。したがって詩句の平仄配置を検討するのはあまり意味がないようにも思われるが、一方、斉梁期にはすでに近体詩の対偶や韻律上の基本形はほぼできあがっていたとも言える。一応、前の三首について平仄配置を検討してみることとする。

王僧孺「與司馬治書同聞隣婦夜織」詩では、

偏傷一鳥聲　○○●●◎

のように、「聞」「思」を去声に読めば韻律上、対が整い、平仄のバランスがよくなる。

簡文帝「秋夜」詩でも、

螢飛夜的的　○○●●●
蟲思夕喓喓　○●●○◎

のように「思」を去声に読めばやはり韻律上、対が整い、平仄のバランスがよくなる。
「玄圃納涼」詩も同様で、

螢䙱競晩熱　○○●●●
蟲思引秋涼　○●●○◎

四、白居易「答夢得秋庭独坐見贈」詩の「虫思」という表現について

と、「思」を去声に読めば、韻律上、対が整い、平仄のバランスがよくなる。
この三例の限りでは、梁代からすでに「思」は韻律に配慮して、仄字として用いられていたということができよう。
第二に、白居易には「虫怨」という、平仄配置で言えば明らかに「○●」となる用語が見られる。

春穀鳥啼桃李院　　春穀鳥は啼く　桃李の院
絡絲蟲怨鳳凰樓　　絡糸虫は怨む　鳳凰楼
（「同諸客題于家公主旧宅」巻六四　3098）

于家公主（于季友に嫁した憲宗の長女、永昌公主）の旧宅が今は荒廃し、訪れる人もない。そこには春には桃李の咲く中庭にカッコウが啼き、秋にはコオロギが夫妻むつまじく過ごした鳳凰楼に悲しげに鳴いている、という情景。平仄配置をみると、

春穀鳥啼桃李院　○●●○○●●
絡絲蟲怨鳳凰樓　●○○●●○◎

となる。

また、もう一首、

燭凝臨曉影　燭は凝る　暁に臨む影
蟲怨欲寒聲　虫は怨む　寒からんと欲する声

（「八月三日夜作」巻六六　3278）

秋の夜、明け方近くなって燭の光もかぼそくなり、虫の声はいかにも寒そうに、悲しげに響く、という情景。これも平仄配置を見ると、

燭凝臨曉影　●○○●●

蟲怨欲寒聲　○●●○◎

となり、これも平仄式にかなう。

どちらの例も「同諸客題于家公主旧宅」は律詩、「八月三日夜作」詩は排律として平仄式にかなうように配慮した措辞である。ところがこの「虫怨」という文字の結びつき方は、今のところ筆者は、白居易以外の詩人には見いだせないでいる。こうした、いわばやや特殊な語を用いたということは、白居易が「虫」の鳴く声を表現するに当たって、平仄を相当強く意識して工夫を凝らしたことを示すのではあるまいか。

第三に、白居易が物思うような虫の声を、あるいは悲しげな虫の声を「思」と表現し、仄字として用いている例があるのである。

蟲聲冬思苦於秋　虫声冬思　秋よりも苦《はなはだ》し
不解愁人聞亦愁　愁へを解せざる人も聞けば亦愁ふ
我是老翁聞不畏　我は是れ老翁　聞けども畏れず

少年莫聴白君頭　　少年は聴く莫れ　君が頭を白くせん

（「冬夜聞虫」巻五六　2632）

七言絶句なので、全文を引いた。詩の大意は、冬に聞く虫の声の悲しげなことは、秋よりも甚だしい。その声を聞けば、愁えを解さない人でも愁わしい気分になるだろう。私は老人だから、聞いても畏れはしないが、若い人は愁いのために白髪になってしまうであろうから、聞かない方がよい、というほどのことか。

平仄配置を見ると、

蟲聲冬思苦於秋　○○○●●○◎
不解愁人聞亦愁　●●○○●●◎
我是老翁聞不畏　●●●○○●●
少年莫聴白君頭　●○●●●○◎

## 四、白居易「答夢得秋庭独坐見贈」詩の「虫思」という表現について

となる。「思」は七言絶句の起句、第四字目で、この場合はどうしても去声に読み、仄字でなくてはならない。また承句の第五字目「聞」も去声に読んで平仄を合わせるのがよいだろうが、転句の「聞」は平声でよい。同様に結句の「聴」も去声に読み、平仄を合わせるべきであろう。

先に述べたことと以上の三点をあわせ考えるならば、すくなくとも白居易の用いた「虫思」は、韻律に配慮し、平仄を整えるための意識的な措辞であったと考えてよいであろう。他の詩人たちについても同じことが言えるのではないかというのが筆者の推測である。

## おわりに

白居易の「答夢得秋庭独坐見贈」詩に見える「虫思」という表現について、いささか考えてみた。もともとが、この表現をどのように訳したらよいか、また白居易がなぜこのような表現を採ったのか、筆者個人のささやかな疑問を解くための考察であった。白居易自身の用例が他になく、明確な手がかりが見いだせないまま憶測を重ねてきたが、本稿としては、語義を生かすのは言うまでもないが、韻律上の格式により多く配慮した表現ということで一応の解釈としておく。これ以上の考察は、新たな手がかりの有無を含めて後考に俟ちたい。

補注　本稿で取り上げた白居易「答夢得秋庭独坐見贈」詩のもとになった、劉禹錫が寄せた「秋斎独坐寄楽天、兼呈呉方之大夫」詩には「虫思」という表現はない。また逆に、劉禹錫「秋晩新晴夜月如練有懐楽天」詩に白居易が答えた「酬夢得暮秋晴夜対月相憶」詩には「虫」の「思」といった表現はない。

関連資料として挙げた白居易「同諸客題于家公主旧宅」詩について、詩題に言う白居易に招かれた「諸客」のひとりに劉禹錫がいて、「題于家公主旧宅」詩を作っている。白居易は「絡糸虫怨」とうたったが、劉禹錫は「怨」という字は用いていず、「樹満荒台葉満池、簫声一絶草虫悲（樹は荒台に満ち　葉は池に満つ、簫声　一たび絶えて草虫悲しむ）」とうたっている。「悲」は韻字であり、「怨」では押韻できないから使わないということであったのだろうか。

酬答・唱和の詩では相手の表現をそのまま用いることがままあるが、これらの場合はそうしてはいない。もとより表現は詩の内容によって選ばれるものであるが、「虫思」「虫怨」などの表現が、押韻、平仄など、韻律上の制約を含めて考えると、必ずしも使いやすい言葉ではなかったことを示すのかも知れない。なお、この劉白の酬答・唱和の様態については、柴格朗氏『劉白唱和集（全）』（二〇〇四年　勉誠出版）に拠った。

本稿は二〇一一年度フェリス女学院大学共同研究「「翻訳」をめぐる諸問題（代表　末岡実）」の一部である。

# 五、白楽天の詩語「黄気」について

## はじめに

白楽天詩に「黄気」という語が出てくる。ただし後に述べるように、使用頻度の高い語ではない。白楽天本人には一例しか見当たらないし、おそらく他の詩人にもあまり用例のない語であるはずである。したがって小稿で考察したいのは、使用頻度の高い語の用法を分析して詩人の表現上の好尚を考察する、あるいはその語にこめられた詩人の感懐のあり方を考察するといったことではない。白楽天がなぜそのような、詩語としていわば特殊な語を用いたのか、そしてその語はいかなる意味で用いられたのかについて考察しようとするものである。

# 一

まずは問題の語、「黄気」が見える詩の本文と訓読を示しておく。字体は通行の正字体を用い、訓みは私に施した。

霖雨苦多江湖暴漲塊然獨望因題北亭

霖雨苦だ多く、江湖暴《には》かに漲る、塊然として独り望み、因つて北亭に題す

自作潯陽客　　潯陽の客と作りてより
無如苦雨何　　苦雨を如何ともする無し
陰昏晴日少　　陰昏　晴日少く
閑悶睡時多　　閑悶　睡時多し
湖闊將天合　　湖闊くして　天と合し
雲低與水和　　雲低れて　水と和す
籬根舟子語　　籬根に舟子語り
巷口釣人歌　　巷口に釣人歌ふ

霧鳥沈黄氣　　霧鳥　黄気に沈み
風帆蹴白波　　風帆　白波を蹴る
門前車馬道　　門前　車馬の道
一宿變江河　　一宿　江河に変ず
（『白氏文集』巻一六　0933）

詩の形式は五言排律。制作時期は元和十一年（八一六）、江州司馬であった時期である。

詩題の大意を言えば、「長雨が甚だしく、長江や湖水に俄に水が漲っているおり、独りあたりを望んで北の亭に書きつけた」というほどのことになろう。同じ頃に「湖亭望水」（0929）という詩が作られており、実際の長雨の情景をうたった詩と考えてよい。

詩の内容について大意を記しておく。

江州に赴任してきてから、長雨が続いてどうしようもない。曇った日ばかりで、晴れた日は滅多になく、鬱陶しく手持ちぶさたで、寝てばかりいる。湖は雨のために広がって天と合し、雲は垂れ込めて水と一つになっている。垣根のもとにも船頭が語り合い、路地の入り口にも釣り人が歌っている。霧の中を飛ぶ鳥が「黄気」の中に消えてゆき、風をはらんだ帆船が白い波を蹴立てて走ってゆく。門前の車馬が往き来する道も、一晩で川になってしまったのだ。

ほぼ右のようなことでよいと思うが、第九句の「黄気」をどのように解したらよいのか、いまひとつ、つかみきれない気がする。そこでいささか検討を加えてみようと思うものである。

## 二

問題の「黄気」という語であるが、これは語として熟していない、用例がないという意味で解しがたいわけではない。例えば『大漢和辞典』には「黄気」を熟語として項を立ててある。

黄気　クワウキ　きいろの氣。〔史記、封禪書〕及㆑晝、黄氣上屬㆑天。〔後漢書、王昌伝〕須臾有㆓黄氣㆒従㆑上下。（巻十二―九五三頁）

しかし、用例から推察できるように、この「黄気」は、何らかの瑞祥・兆しの現れを言ったものであり、やや特殊な語ではないかと思われる。白楽天の詩に「黄気」という語が用いられているのは前に挙げた一例のみであるが、右の辞書的な語義では十分に理解できないように思われる。改めて検討を加えねばなるまい。

白楽天の「黄気」が何かの兆しで黄色であるとすると、五行説によった、ほかの色と「気」とを熟語にするケースがあるかと思ったが、これは見当たらない。白楽天の用語としては、「紫」と「気」を組み合わせた「紫気」という語が見えるのみである。

白光納日月　　白光　日月を納め
紫氣排斗牛　　紫気　斗牛を排す
（「李都尉古剣」『白氏文集』巻一　0010）

この語は『晋書』張華伝に出る、宝剣が発する紫色の気が斗星・牛星の間をさすという有名な故事によるもので、名剣をたたえる表現としてこの詩にはまことにふさわしい。こうした措辞が僅か一例とはいえ、あるところからすると、白楽天は「霖雨苦多江湖暴漲塊然独望因題北亭」詩においても、何かの兆しとして五行にちなんで「黄気」という語を用いたのではなく、「李都尉古剣」詩の場合と同様、詩の内容自体に即した表現として用いたと考え得るのではないか。
そこでほかの詩人についても用例の有無を見ておきたい。
まず、白楽天と親しく、詩の唱和を重ねた元稹と劉禹錫についてはどうか。「黄気」という熟語は、両者ともに用いていない。
白楽天と同じ、中唐期の詩人、韓愈や韓門の詩人、孟郊、張籍にも「黄気」という語は見られず、白楽天に先立つ盛唐期の詩人、孟浩然、王維、李白、杜甫の詩を見ても、やはり「黄気」という語は用いられていない。むしろ少数ではあるが、「黄」以外の色と「気」を合わせた語が目を引いた。

はじめに元稹である。

梅含雞舌兼紅氣　　梅は雞舌を含んで紅気を兼ね
江弄瓊花散綠紋　　江は瓊花を弄して緑紋を散らす
（「早春尋李校書」『元稹集』巻一八）

早春、梅の花がほころび、赤みを帯びているさまをうたう。

劉禹錫にもある。

翠華入五雲　翠華　五雲に入り
紫氣歸上玄　紫気　上玄に帰す

（「華清詞」『劉夢得文集』巻八）

華清宮をうたった詩で、往時を偲び、仙人までも来たり集うた、というくだりで「紫気」をうたう。神仙にちなんだ用語であろう。

韓愈は以下の通りである。

魂翻眼倒忘處所　魂翻り眼倒れ　処所を忘る
赤氣沖融無間斷　赤気沖融として間断無し

（「遊青竜寺贈崔大補闕」『昌黎先生集』巻四）

青龍寺の紅葉が燃え立つようだ、とうたうくだり。実際の赤色をいう。

孟郊にも見られる。

古樹浮綠氣　古樹に緑気浮かび
高門結朱華　高門に朱華結ぶ

（「峥嵘嶺」『孟東野詩集』巻九）

山中の古木の青々としたさまをいうもの。

もとより網羅的な調査ではないし、傍証と呼ぶには得られた用例が少ないが、これらの例を見ただけでも、実際の情景を表すのに「色＋気」という表現を用いることがあるとは言えるであろう。白楽天の場合も、「李都尉古剣」詩の「紫気」は、実景とは言えないが、詩の文脈に即した故事を用いた表現であった。「霖雨苦多江湖暴漲塊然独望因題北亭」詩の「黄気」も、辞書的な何かの兆しとしての「黄気」から離れて、詩の文脈に即して、あるいは実景を表現した用語として見直すことが可能であろう。以下、それを試みることにする。

## 三

ここで改めて「霖雨苦多江湖暴漲塊然独望因題北亭」詩を見直すと、詩にうたわれているのは霖雨の情景と、白楽天の感懐である。その情景描写で、第三聯と問題の「黄気」を含む第五聯は遠景の描写、第四聯と第六聯は近景の描写ということになるであろう。そして第四聯と第六聯の近景の描写に、大水に驚きあきれ、慨嘆している気分がこめられると考えられる。

そこで第五聯であるが、第九句、「霧鳥」は、目慣れぬ語だが、霧の中を飛ぶ鳥と解しておく。その「霧鳥」が「黄気」の中に消えてゆく。そして第十句では、「風帆」＝風をはらんだ帆船が白波を蹴立ててゆく、というのであるから、「白波」との対で考えれば、「黄気」は空に関する語とみてよいであろう。

ここで雨空に関する白楽天の用語を思い浮かべると、「黄」と結びついて印象的な語は「黄雲」ではあるまいか。とくに長雨との関連で印象に残っているのは「効陶潜体詩十六首其二」で、冒頭の四句を示すならば、左の如くである。

翳翳踰月陰　　翳翳として月を踰えて陰り
沈沈連日雨　　沈沈として日を連ねて雨ふる
開簾望天色　　簾を開いて天色を望めば

黄雲暗如土　　黄雲　暗くして土の如し

（『白氏文集』巻五　0214）

長雨で空がかき曇り、「黄雲」が土埃で暗い空のように垂れ込めている、というのである。現在我々が言う「黄色」ではない。今日の情景で言えば、黄砂で暗くなった空の、さらに暗いようなありさまを考えればよかろうか。

この「黄雲」の語は、岡村繁氏『白氏文集』（二上）（明治書院　平成十九年）の〔語釈〕にも見えるとおり、劉宋の謝霊運「擬魏太子鄴中集詩八首」其七「阮瑀」の

河洲多沙塵　　河洲　沙塵多く

風悲黄雲起　　風悲しくして黄雲起こる

（『文選』巻三〇）

と、その李善注、

淮南子に曰く、黄泉の埃、上りて黄雲と為る。

にもとづく語である。つまり砂塵や土埃が立ち上り、黄色い雲のように見えるさまを

言うのである。この意味、用法は『大漢和辞典』の「黄雲」の条に語義として「塵埃などのために黄色く見える雲」といい、上記謝霊運詩を引くもの（巻十二―九四八頁）がそれで、古典の用法としては、いわば安定した語義と見てよいであろう。白楽天は、この「効陶潜体詩十六首其二」で、それをどんよりと垂れ込めた雨雲のさまに転用したのであった。

白楽天においてこうした表現が意図的に、あるいは工夫の結果としてなされたことは、逆に「雲」が「黄」色いとする表現があることからも推測できる。数は四例と多くはなく、かつ雨ではなく、雪の空模様をいう例であるが、左に示す。

草白經霜地　　草は白し　霜を経たる地
雲黄欲雪天　　雲は黄なり　雪ふらんと欲する天
（「歳除夜対酒」『白氏文集』巻六六　3332）

日晦雲氣黄　　日晦くして雲気黄なり
東北風切切　　東北　風切切たり

（「送兄弟迴雪夜」『白氏文集』巻一〇　0456）

連夜江雲黄惨澹　連夜　江雲　黄　惨澹たり
平明山雪白糢糊　平明　山雪　白　糢糊たり

（「雪中即事寄微之」『白氏文集』巻五三　2322）

宿雲黄惨澹　宿雲　黄　惨澹たり
暁雪白飄飆　暁雪　白　飄飆たり

（「西楼喜雪命宴」『白氏文集』巻五四　2445）

四例とも雪もよいの空、雪が降っている空を、「雲が黄色い」「雲気が黄色い」と表現している。

これらに対して、白楽天が砂塵や土埃の立ち上った空を「黄雲」といったと思われるのは、左の一例にとどまる。

黄河水白黄雲秋（1）　黄河水白し　黄雲の秋

行人河邊相對愁　　行人　河辺　相対して愁ふ
（「生離別」『白氏文集』巻一二　0579）

こちらが謝霊運詩の用法により近い、いわば本義的な用法であることは、直ちに理解できる。そして白楽天の用例としてより多くはあるが、雪や雨の空を言うのは派生的な用法、もしくは作者の修辞上の工夫が加えられた用法であろうということも直ちに想起しうる。さらにいささか想像をたくましくすれば、本義的な用法よりも派生的な用法の方が用例が多いのは、作者として工夫を加えた表現であるが故に、白楽天にとっては愛着のある用語であったためかもしれない(2)。

さて、白楽天以外の、他の詩人についてはどうか。網羅的な調査ではないが、一応の結果を示しておく。

まず、盛唐期の詩人、それもはっきりした所から見てゆきたい。

王維の場合、「黄雲」は明らかに辺境の空に立ちこめる砂塵、土埃を言う語として用いられている。左の二例である。雨や雪の空を言う例はない。

沙平連白雪　　沙平らかにして　白雪に連なり
蓬卷入黃雲　　蓬巻きて　黄雲に入る
（「送張判官赴河西」『王右丞集箋註』巻八）

黃雲斷春色　　黄雲　春色を断ち
畫角起邊愁　　画角　辺愁を起こす
（「送平淡然判官」『王右丞集箋註』巻八）

李白には、辺境の空に立ちこめる砂塵を言うもののほかに、夕暮れの雲を言うかの如き例が見られる。それぞれ、一例ずつを挙げておく。

白雪關山遠　　白雪　関山遠く
黃雲海戍迷　　黄雲　海戍迷ふ
（「紫騮馬」『李太白文集輯註』巻六）

黄雲結暮色　黄雲　暮色結び
白水揚寒流　白水　寒流揚がる
（「江上秋懐」『李太白文集輯註』巻二四）

杜甫にも、辺境の空に立ちこめる砂塵を言う表現以外に、夕暮れの雲を言うと思われる用例がある。その例を一首だけ挙げておく。

高鳥黄雲暮　高鳥　黄雲の暮れ
寒蟬碧樹秋　寒蟬　碧樹の秋
（「晩秋長沙蔡五侍御飲筵送殷六参軍帰澧州覲省」『杜詩鏡銓』巻二〇）

辺塞詩人岑参には辺境の空の砂塵を言う用例がいくつも見られるが、それ以外に夕暮れの雲を言うかと思われる用例がある。これも一首だけ示しておく。

秋風萬里動　　秋風万里動き
日暮黄雲高　　日暮黄雲高し
（「鞏北秋興寄崔明允」『岑嘉州詩』巻一）

このように夕暮れの雲を「黄雲」と言う表現は、『杜詩鏡銓』『杜詩詳註』に引く「古楽府」「黄雲　暮に四もに合し、高鳥　各々分かれ飛ぶ。語を寄す　遠遊の子、月円なるに胡ぞ帰らざる」にもとづくとすると、謝霊運詩との先後はいま遽かにわからぬが、それなりに由来のある措辞であったことになる。

以上、ここまでのところ、雨や雪の空を「黄雲」「雲」「黄」と表現した例は見いだせなかった。ところが高適には、長雨の空を言う例がある。

白日眇難覩　　白日眇として覩難く
黄雲争巻舒　　黄雲争つて巻舒す

（「苦雨寄房四昆季」『高常侍集』巻三）

辺塞詩人と言われる高適であるから、もちろん、辺境の砂塵、土埃をうたう例が多い。右の詩と対照するため、そちらの例も一首だけ示しておく。

古樹満空塞　　古樹　空塞に満ち
黄雲愁殺人　　黄雲　人を愁殺す

（「薊門五首其五」『高常侍集』巻四）

ついで白楽天と同じ、中唐期の詩人について見ておこう。
まず、元稹には雪や雨の空を「黄雲」「雲」「黄」と言う例は認められない。同様に、劉禹錫、韓愈、孟郊にも、雪や雨の空を「黄雲」「雲」「黄」と言う例は認められない。ただし韓愈と孟郊には、「黄雲」という語自体は見られる。

衰草際黄雲　　衰草　黄雲に際し

感歎愁我神　　感歎　我が神を愁へしむ

（「暮行河堤上」『昌黎先生集』巻一）

登高望寒原　　高きに登りて寒原を望めば

黄雲鬱崢嶸　　黄雲　鬱として崢嶸たり

（「感懐」『孟東野詩集』巻三）

両者とも、砂塵や土埃の立ちこめたさまと考えられるが、先の李白や杜甫などの用法に似ているようでもあり、とくに韓愈の例は、詩題との関連で考えても、夕暮れの雲を表すものかもしれない。

そしてここでもう一つ、雪や雨の空ではないが、水面から立ち上る氣を「黄」と形容している例にも目を向けておきたい。

一つは杜甫である。

蓊匒川氣黄　蓊匒《をうかふ》として川気黄に
羣流會空曲　羣流　空曲に会す
（「三川観水漲二十韻」『杜詩鏡銓』巻三）

蓊匒は、ここではおそらく蓊鬱・蓊蔚と同義で、「雲などの盛んなさま」（『大漢和辞典』巻九―八四五頁）。あたりを薄暗く閉ざして川面に立ち込める水気の盛んなさまを「黄」と表現している。

また、元稹にも「海気黄」という例がある。

雁起沙汀暗　雁起ちて沙汀暗く
雲連海氣黄　雲連なりて海気黄なり
（「哭呂衡州六首其四」『元稹集』巻八）

海気は、辞書的には「うみのき。海辺の気。海靄」（『大漢和辞典』巻六―一一六二頁）

ということになるが、ここでは衡州の景を言っているので、湖南地方の湖や大河に立ち込める気の盛んなさまを「黄」と言ったものであろう。孟浩然の「臨洞庭」詩に言う、

氣蒸雲夢澤　気は蒸す　雲夢沢
波撼嶽陽城　波は撼がす　岳陽城
（『孟浩然集』巻三）

を連想させる情景である。「川気」「海気」と言うと、雪空・雨天の空模様（つまり雲の状態）とはだいぶん違うようにも見えるが、後に述べる如く、『説文解字』にある「氣」と「雲」の字義は大きく異なるものではない。この二例も、「雲」「黄」で空模様、雲の状態を言ったのに近い措辞と考えてよいはずである。

このように見てくると、「黄雲」や「雲」「黄」という表現は、もとは「古楽府」や謝霊運詩に見える、夕暮れの雲や、砂塵・土埃が立ちこめた空を言う語であったものが、次第に雨・雪の空模様、海や川の気のさまを言うように意味、用法が広がってきたと考えられるのではあるまいか。

## 四

右に見てきたようなことであったとするると、「霖雨苦多江湖暴漲塊然独望因題北亭」詩の「黄気」が実際の長雨の情景を描いた語であるならば、白楽天の用語としては「黄雲」がよりふさわしいように思われるのであるが、それでは、なぜ「黄雲」の語を用いず、「黄気」と言ったのか。

まず、「雲」と「気」の字義を考えてみたい。『説文解字』によると、「雲、山川气也」(十一篇下)、「气、雲气也」、その段注に「气、氣、古今字」(一篇上)とあり、山川に立ちこめている氣(段玉裁によれば、氣は新しい字体で古字では气)が「雲」で、「气」は雲気である、と解している。この雲気という熟語が示すとおり、「雲」と「気」の間には、字義の上で大きな違いはないことになる。言い換えることも可能になるだろう。

それならば、詩表現の上で異なる文字を用いたのについては、他の理由、具体的にはこの詩は五言排律であるから、近体詩としての形式上の制約を考える必要があろう。

そこでいま、この詩の平仄配置を確かめてみると、以下のようになる。平字を○、仄字を●、韻字を◎で示す。

自作潯陽客　●●○○●
無如苦雨何　○○●●◎
陰昏晴日少　○○○●●
閑悶睡時多　○●●○◎
湖闊將天合　○●○○●
雲低與水和　○○●●◎
籬根舟子語　○○○●●
巷口釣人歌　●●●○◎
霧鳥沈黃氣　●●○○●
風帆蹴白波　○○●●◎
門前車馬道　○○○●●

第九句は「黄気○●」とすることで平仄が整っていることがわかる。ここで「効陶潜体詩十六首其二」のように「黄雲○○」を用いると、下三字がすべて平字になり、平仄式に合わなくなってしまう。すなわちこの「黄気」は、平仄を整えるために、意味の近似した語によって言い換えた表現なのであった。したがって語義としては「黄雲」と同じく、「どんよりと垂れ込めた、土埃が立ちこめたように暗い雨雲」と解するのがよいことになる。

右に述べた所で一通り、この語に関する私見は尽くせたことになるが、蛇足に似るものの、先行の訳注類を挙げてそれぞれの見解を比較してみておきたい。ただしこれも網羅的な調査を経たものではなく、手許の書物のうち、本篇を収めるものを参観したのみであることをお断りして、お許しを願っておく。

①佐久節氏
語釈：なし。
第九〜十句訳：いつしか夕方になつて、霧の中の鳥も夕闇に没し、風を孕んだ帆が白波を蹴立てて走る。
（『白楽天詩集』二〔続国訳漢文大成〕東洋文化協会　昭和三二年複版）
②岡村繁氏
語釈：なし。
第九〜十句訳：夕暮れには霧にかすむ鳥が黄昏に沈み、舟が帆風を受けて白波を蹴って進む。
（『白氏文集』三〔新釈漢文大系〕明治書院　昭和六三年）
③近藤春雄氏
語釈：なし。
第九〜十句訳：霧の中の鳥が黄色の雲気の中に消えて行き、風をはらんだ帆船が白波をけたてて行く。

（『白楽天とその詩』武蔵野書院　平成六年）

以上の三書であるが、佐久・岡村両氏の訳は、「黄気」を「夕闇」「黄昏」としておられる。夕暮れの雲を「黄雲」と表現する措辞から類推されたものであろうか。これも一解と言うべきであろう。近藤氏は「黄色の雲気」と、いささかわかりにくい訳文になっている。「黄気」を夕暮れとは解さず、「気」を「雲」と同義に解して熟語を当てていられる点で、近藤氏の解釈に与したいが、「黄色」の内容がもう少し明確に訳されていればすっきり理解できるかと思われ、やや残念な気がする。このような点を踏まえた上で、先行の訳文の驥尾に附して拙訳を示し、小稿の結論に代えることとしたい。

霧鳥沈黄氣　　霧鳥　黄気に沈み
風帆蹴白波　　風帆　白波を蹴る
語釈：黄氣　黄雲を平仄の関係で言い換えた表現。黄雲は、どんよりと垂れ込めた、土埃が立ち込めたように暗い雲。白楽天の用例としては、「効陶潜体詩十六首其二」の「開簾望天色、黄雲暗如土」がある。

第九句～第十句訳

霧の中を飛ぶ鳥がどんよりと暗い雨雲に姿を没し、風をはらんだ帆船が白波を蹴立ててゆく。

注

(1)「黄河水白黄雲秋」の句、那波本には「河水白黄雲秋」に作るが、南宋本などに拠って改めた。

(2) 白楽天が「黄雲(氣)」、「雲」「黄」などの語で雨や雪の空をうたった詩は、ここに挙げた六首である。この六首の詩が作られた時期と場所を一覧しておく。

①「送兄弟迴雪夜」元和六年(八一一)、四十歳。下邽。

②「効陶潜体詩十六首其二」元和八年(八一三)、四十二歳。下邽。

③「霖雨苦多江湖暴漲塊然独望因題北亭」元和十一年（八一六）、四十五歳。江州。江州司馬。
④「雪中即事寄微之」長慶三年（八二三）、五十二歳。杭州。杭州刺史。
⑤「西楼喜雪命宴」宝暦元年（八二五）、五十四歳。蘇州。蘇州刺史。
⑥「歳除夜対酒」開成二年（八三七）、六十六歳。洛陽。太子少傅分司。

白楽天の詩は、今日二千八百首近くを見ることができるわけであるが、その中での六首という数は、さほど多いとは言えまい。ただし、四十歳から六十六歳まで、長い期間にわたってこの表現が見られることに注意しておきたい。

（補）
引用の詩集は、原則として版本、影印本によったが、『元稹集』は中華書局（一九八二年）刊排印本を用いた。

# 六、講演記録「漢詩を読むということ」

## はじめに

全国漢文教育学会では、七月と十二月に研究発表や講演会を行っています。その講演ですが、大学を定年退職した役員が順番でやる慣例になっていまして、私は一昨年の三月、鶴見大学を定年退職しましたので、今回お鉢が回ってきたという次第です。しばしのおつきあいをお願い致します。

今日のお話は「漢詩を読むということ」とあって、現代にあって漢詩を読むことの意義というような大局的なお話のように聞こえるかも知れませんが、ポスターの「講演者からの一言」に記しましたように、私が自分の勉強をする上で、また教える上でどのようなことに留意して漢詩を読んできたかというお話をするつもりです。まとまった研究的なお話ではありませんし、この話を聞けば明日から漢詩を読めるようになる、教えられるようになるというものでもありませんが、ご海容のほどをお願い致しておきます。

## 一　何が問題なのか

まず初めに、なぜこんな問題設定（?）をしたのか。それはすこぶる個人的な動機になりますが、どうやって自分の勉強を作って行くか考えたことに発しています。

実は私は大学院に入って少したった頃、自分に学問の才能やセンスがないことに気づきました。誰かの作品を読んで、そこから大きな思考の枠組みのようなものを抽出し、それをもう一度作品群にあてはめてみて、それぞれの作品の位置づけを試みるとか、多くの作者の同じような内容、思考の盛り込まれた作品を通覧して、大きな流れをつかむとか、抽象化したり理論化するのが不得手であることに気づいたわけです。

まぁ、要するに頭が悪いのです。

また、学部・大学院を通じて私が指導を受けた先生方は、論文の書き方などは自分で勝手に身につけるもので、学生は作品を読めるようになることが第一、という指導法でした。昔の先生方は、皆そんなふうだったのかも知れません。

特に我が恩師などは、「学生の学力は、辞書だけで書物が読めるかどうかだ」と仰る方でした。したがって授業では、何よりも文献（特に附注本）が読めるかどうか、注に拠って正確に本文の解釈ができるかどうかが問題でした。

そうすると、経書や六朝、唐の詩人の作品を読むのに、字義・語義を調べ、注についても同じことを繰り返し、文意をたどってゆく。演習の準備はその繰り返しでした。更に関連する資料の確認も必要です。くどいようですが、まず読めるようになるということでした。いま振り返ってみると、私などはそのへんで手一杯で、それ以上に何かを大きくまとめていく所までは力が及ばなかった、というのが実感です。

といって、私としては、書物を読んで暮らすという生活に憧れていましたから、自分なりに何とか勉強を続けたいという思いがありました。そこで落ちついたのが、ごく単純に作品そのものに即して自分なりに読み、作者の思考や感情に近づけるようにはなれないか、ということだったのです。幼稚な考えではありますが、この辺の気分が「私の読み方」の出発点でした。そしてこれは実は、現在もあまり変わっていないという気がします。自分の勉強法について考えたというより、何も考えていなかったというほうが、実態に近いでしょうか。

　幸い、鶴見大学文学部の日本文学科で中国文学と漢文を教えるというポストに就くことができまして、当時は鶴見の文学部は女子だけでしたから、国文学は好きでも漢文は苦手という学生が多く、漢詩文のきちんとした読み方を教える必要性が高かったのです。その後、十八歳人口の減少が顕在化してくると、学生も様変わりして、古文・漢文は高校であまりやっていない、受験勉強などを通じて漢文の語法や基本語彙、基礎的概念が身についていない学生が増えてきました。私の担当する漢文や中国古典文学関係の科目も、一言で言えば、漢詩・漢文が読めない学生が受講するようになってきました。しかも国語の教員資格をめざす学生もいます。そういう学生諸君に対して漢詩文について話すには、抽象的な話よりもまず伝統的な作品を読んでみせる、ど読み、解釈するかを示してみせるほうが有効だと考えるようになりました。

また、縁あって、早稲田大学のエクステンションセンターや湯島聖堂でも漢詩を読み、鑑賞する講座を担当することになって、こういう場でもやはり、実際の作品のどこが面白いか、どこに工夫が凝らされているか、どこが作品のポイントなのかを話す方が有効だろうと考えました。

いずれにせよ、読みと解釈を中心に、個別の作品に即して読み、考えることが自分の勉強のみならず、教授上も役立つと思うに至った次第です。

作品そのものを読み、考えるといっても、対象は三千年以上の伝統がある中国の古典詩です。表現自体に工夫を凝らし、修辞がある。詩人の、表現に託した心情・感懐を、作者の意志に沿って読み解くには、読むための一種の技術というか、力が必要です（具体的には、語彙力、典故の知識等）。

そして単純に作品そのものに即して読むにしても、私は三つ必要なことがあると考えるようになりました。通常の語彙や典故だけでなく、辞典や注釈書類にも記述があるとは限らない事柄です。

資料の「心がけたこと三か条」をご覧ください。

1　作品の背後にある詩人の生活や生き方を考えるために、その裏付けになる社会史的、制度史的なことを知る。

2　表現と、その表現に託された感懐を読み取るために、典拠のある表現を理解し、読み解く。

3　漢詩には形式上の制約があり、普通とは少しく異なる表現・措辞があるが、それを理解できるようになる。

この三者のうち、1は、なかなか勉強が追いつきません。自分では努力したつもりですが、なかなか身につきません。自分の勉強として、また教授上のポイントとしては、2・3のほうがやりやすく、説得力があったように思います。

今日は、この三か条が漢詩を読む上でどのような意味を持つのか、実際に例を挙げてお話ししようと思います。

## 二　三か条の1について

まず、作品を見てみましょう。資料一をご覧ください（引用した白楽天の詩は那波本に拠り、読み下しは私につけてあります。以下同じ）。

除夜　　白居易

薄晩支頤坐　　薄晩　頤を支へて坐し
中宵枕臂眠　　中宵　臂に枕して眠る
一從身去國　　一たび身の国を去りてより
再見日周天　　再び日の天を周るを見る
老度江南歳　　老いては度る　江南の歳
春抛渭北田　　春は抛つ　渭北の田
潯陽來早晩　　潯陽より来《このかた》早晩
明日是三年　　明日は是れ三年

（『白氏文集』巻一六　0958）


元和十一年（八一六）、江州での作です。地位は江州司馬。四十五歳。白楽天が武元衡暗殺事件に絡んで江州に出されたのは、元和十年（八一五）八月、江州に到着したのは十月のことでした。この詩は着任の翌年の暮れの作になります。

詩の大意を言えば、次のようになります。

夕方、頬杖をついて坐し、夜、臂を枕にして眠る。ひとたび都長安を去ってから、もう二年もたった。老年になって江南に歳月を過ごし（年を越し？）、春になっても渭北の故郷は放り出したままである。私は潯陽に来てからどれほどたったことか。明日はもう、三年目になるのだ。

貶謫の地にあって新年を迎えようとする心境をうたった詩です。除夜に一年を振り返って感慨にふけるという状況は、詩にはしばしばうたわれます。この詩については、「老」と「春」が、またひとつ歳を重ねるということで、微妙に響き合っていること、「江南」と「渭北」の対に注意すべきでしょうか。ですが、私の言う「三か条」の1として、特に重く見たいのが、「明日は是れ三年」という感慨です。おそらくこれは、ただ年数を数えているのではありません。唐代の官僚（特に地方官）の任期は、基本的に三年（足かけ）でした。その、当時の官人の常識をこの詩に当てはめてみるならば、三年目に入れば、自分にも転任の沙汰があろうか、再び中央に復帰する目が出るのではないか、という期待がこもった措辞と読むことができるのではないでしょうか。

なお、唐代には量移といって、左遷された官僚が赦に遇って、より都に近い任地へ、地位が上がって移されることがありますが、それを期待する気持ちもあるかも知れません。

白楽天の江州で二年目、三年目頃の詩には、「ここで終わるのも悪くない」といった、達観したような気分がうたわれることもありますが、この辺の屈託した心境が本心だったかと思わせる作品なのです。

そこでちょっと余談ですが、「香炉峯下、新たに山居を卜し、草堂初めて成り、偶々東壁に題す。其の四」の「故郷何ぞ独り長安のみに在らんや」も、この詩のような心境とてらしあわせて考えると、単純に達観した心持ちをうたったとは考えにくくなりますね。

## 三　三か条の2について

これも作品について見てみましょう。資料の二です。

江樓聞砧　　　　　　白居易

江人授衣晚　　江人　衣を授くること晚《おそ》し
十月始聞砧　　十月　始めて砧を聞く
一夕高樓月　　一夕　高楼の月
萬里故園心　　万里　故園の心
（『白氏文集』巻一〇　0499）

元和十年（八一五）、江州での作です。詩の第二句に「十月」とありますから、おそらく江州着任後、間もない頃の作と思われます。

語義や典故の問題として、ちょっと語句の説明をしましょう。まず、「砧」ですが、これは皆さんご存じだと思います。冬着を作るために布を砧で打って柔らかくすることで、秋冬の交の風物です。「授衣」は、冬に備えて、家長が家族に冬着を与えること。九月に行うとされ、そのため「授衣」は、九月の異名ともなっています。『詩経』豳風《ひんぷう》「七月」に「七月流火、九月授レ衣」とあるのに基づく表現です。九月に授けるべき衣を十月になって授けているから、「晩し」といったのですが、それはこの詩を作った江州が南方で、白楽天が住み慣れた長安などに比べて気候が温暖だからです。

詩の大意を言えば、次のようになります。

江州の人たちは衣替えをするのが遅い。十月になって、始めて砧を打つ音を聞いた。一夜、高楼に座して月を眺めていると、万里の彼方、故郷を思う心がわいてきた。

故郷から遠く離れた地に左遷されてきて、故郷よりも遅い時期になって冬着の用意をしているのに気づき、ここが異郷だと実感して、そこで生じた感慨をうたった詩です。

旅の詩や、左遷された人の詩では、気候、風物の違いにふれて、改めて異郷にあることを意識させられる、そういう心の動きをうたう詩が多いのです。この詩もその一つで、「授衣」が季節感を示すモチーフになっています。「衣を授くること晩し」、「十月始めて砧を聞く」という語句に『詩経』の「九月授衣」を重ねることで、「衣更えは九月にするものなのに、十月になって…」という季節感のずれと、そこから生ずる感慨が浮かび上がってくるわけです。

また、この詩にはもう一つ注意すべき語があります。典故とまでは言えませんが、定型的な表現があるのです。「砧」です。砧＝擣衣は、望郷の思いを呼び起こすものとして詩にうたわれるものなのです。旅人や異郷にある者が砧の音を聞いて、自分が現在いる土地で人々が冬着の準備をしていることを知り、故郷で家族が冬着の準備をしているだろう、あるいは旅先で旅人たる自分が寒い思いをしているのではないかと心配しているだろうと、故郷を思うきっかけになる、そういうモチーフとしてうたわれるのです。杜甫の「秋興八首其の一」の「白帝城高くして暮砧急なり」もその一例です（このモチーフは国文学にも取り入れられています）。

つまり、この詩にあってはこの二つの語、モチーフがうまく働いて、左遷された任地で故郷を思い、異郷にあるわが身を嘆く、という抒情が成立していることになるのです。

漢詩を読むとき、こうしたモチーフに注目し、それらに関する知識を蓄積してゆくことが作品理解を深めることになるので、これが私の言う「三か条」の2に当たります。この辺のことは、発想や表現における漢詩の定型性という視点で大きくくくれるかもしれません。この、ある発想がある決まった表現に結びつくということについては、松原朗氏『漢詩の流儀』（二〇一四年　大修館書店）が参考になります。

## 四　三か条の3について

まず、私がなぜ形式を問題にするのか、というところからお話ししましょう。

詩の用語は、改めて言うまでもなく、作者がその心情・感懐を表現するために、詩の内容にあわせて最も適切な語を選んで用いるものです。ところが一方で、漢詩は定型詩であり、特に近体詩（律詩・絶句）には押韻・平仄配置・対句など、文字の配置に厳格な規則があって、用語に制約を受けることがあります。

押韻の関係で用語が変わることがあるのは、少し慣れればすぐにわかります。有名な李白の詩があります。

黄鶴樓送孟浩然之廣陵　李白
黄鶴楼にて孟浩然の広陵に之くを送る
故人西辭黄鶴樓　故人　西のかた　黄鶴楼を辞し
煙花三月下揚州　煙花三月　揚州に下る
孤帆遠影碧山盡　孤帆の遠影　碧山に尽き
唯見長江天際流　唯見る　長江の天際に流るるを

同じ土地をさして題には「広陵」と言い、承句には「揚州」と言っています。これは「楼・州・流」と韻を踏むために言い換えたと考えてよいでしょう。

これに比べてややわかりにくい、そして詩を読む上でより注意すべきなのは、平仄の関係で用語が変わる場合です。助字でいえば「於」(平字)と「向」(仄字)、「堪」(平字)と「可」(仄字)の互用はしばしば見かけるところです。実字でいえば「柳絮」(仄・仄)と「楊花」(平・平)がそうです。春の景色をうたった詩で、「楊花」が舞うという表現に会って面食らうことがありますが、あれは「柳絮」のことです。昔の先生方が訳された書物を見ると、ごくあっさりと「柳絮」と訳しておいでですが、なぜ「柳絮」を「楊花」というのかには言及なさらない。老先生方には自明のことだったのだろうと苦笑するしかありません。

わかりにくいと言っても、この辺は慣れれば見当がつく。詩を読んでいて困るのは、平仄の関係で違う語を用いていながら、あまり用例がなく、わかりにくい場合があります。

資料三の「霖雨苦だ多く、江湖暴かに漲る、塊然として独り望み、因つて北亭に題す」という詩をご覧ください。

ここでちょっとお断りしておきますと、実はこれからお話しする事柄は、私自身、既に発表した事柄で、本日ここで新知見をご披露するわけではありません。詳しくは拙稿「白楽天の詩語『黄気』について」（『中国古典研究』第五十六号　中国古典学会　平成二十六年十二月　本書第五章）を参照していただければ幸いです。

では、詩を読んでみます。

霖雨苦多江湖暴漲塊然獨望因題北亭　白居易

霖雨苦だ多く、江湖暴かに漲る、塊然として独り望み、因つて北亭に題す

自作潯陽客　潯陽の客と作りてより
無如苦雨何　苦雨を如何ともする無し
陰昏晴日少　陰昏　晴日少く
閑悶睡時多　閑悶　睡時多し
湖闊將天合　湖闊くして　天と合し
雲低與水和　雲低れて　水と和す
籬根舟子語　籬根に舟子語り
巷口釣人歌　巷口に釣人歌ふ

霧鳥沈黃氣　霧鳥　黄気に沈み
風帆蹴白波　風帆　白波を蹴る
門前車馬道　門前　車馬の道
一宿變江河　一宿　江河に変ず

（『白氏文集』巻一六　0933）

詩の形式は五言排律。元和十一年（八一六）、四十五歳、江州司馬であった時期の作です。

詩題の大意は、「長雨が甚だしく、長江や湖水に俄に水が漲っているおり、独りあたりを望んで北の亭に書きつけた」というところでしょう。詩の大意は次のようになります。

江州に赴任してきてから、長雨が続いてどうしようもない。曇った日ばかりで、晴れた日は滅多になく、鬱陶しく手持ちぶさたで、寝てばかりいる。湖は雨のために広がって天と合し、雲は垂れ込めて水と一つになっている。垣根のもとにも船頭が語り合い、路地の入り口にも釣り人が歌っている。霧の中を飛ぶ鳥が「黄気」の中に消えてゆき、風をはらんだ帆船が白い波を蹴立てて走ってゆく。門前の車馬が往き来する道も、一晩で川になってしまったのだ。

ほぼ右のようなことでよいと思うのですが、第九句の「黄気」をどう解したらよいのか、私としてはいま一つつかみきれない気がします。少しく検討を加えてみましょう。

まず、この「黄気」ですが、白楽天にはこの一例しか用例がありません。他の詩人にもあまり例を見ない語です。

しかし、語として熟さない、用例がないというのではありません。『大漢和辞典』に熟語として立項してあります。

黄氣　クワウキ　きいろの氣。〔史記、封禪書〕及レ晝、黄氣上屬レ天。〔後漢書、王昌伝〕須臾有二黄氣一從レ上下。

（『大漢和辞典』巻十二—九五三頁）

ところがここに引かれている二例は、おそらく何かの瑞祥として黄色い気が立ち上っているさまを言うのであろうと思われます。つまり白詩の用法とは意味が違うようです。

いま、「霖雨苦多江湖暴漲塊然独望因題北亭」詩を見直すと、詩にうたわれているのは霖雨の情景と白楽天の感懐です。その情景描写で、第三聯と問題の「黄気」を含む第五聯は遠景の描写、第四聯と第六聯は近景の描写ということになるでしょう。そして第四聯と第六聯の近景の描写に、大水に驚きあきれ、慨嘆する気分がこめられると考えられます。

そこで第五聯の第九句、「霧鳥」（目慣れぬ語ですが、霧の中を飛ぶ鳥と解しておきます）が「黄気」の中に消えてゆく。そして第十句では、「風帆」＝風をはらんだ帆船が白波を蹴立ててゆくというのですから、「白波」との対で、「黄気」は霖雨の空の様態をいう語と考えてよいでしょう。

先程申したとおり、「黄気」という語は白詩には一例しかなく、他の作例と比べて意味を推測することができません。しかし、雨天のさまをいう語として、「黄◯」という語はないか。そういう観点から見直すと、雨空に関する白楽天の用語に「黄雲」という語があります。

翳翳踰月陰　翳翳として月を踰えて陰り
沈沈連日雨　沈沈として日を連ねて雨ふる
開簾望天色　簾を開いて天色を望めば
黄雲暗如土　黄雲暗くして土の如し
（下略）
（「効陶潜体詩十六首其二」『白氏文集』巻五　0214）

この「黄雲」の用法は、左の用例に基づくものでしょう。『文選』に見える語なので、李善注を併せて挙げました。

河洲多沙塵　河洲　沙塵多く
風悲黄雲起　風悲しくして黄雲起こる
李善注、淮南子曰、黄泉之埃、上爲黄雲。

李善注に、淮南子に曰く、黄泉の埃、上りて黄雲と為る、と。

（宋・謝霊運「擬魏太子鄴中集詩八首」其七「阮瑀」『文選』巻三〇）

謝霊運詩の「黄雲」は、李善注に拠れば、砂塵や土埃が立ち上り、黄色い雲のように見えるさまを言う語ということになります。いまの黄砂の甚だしいものみたいな現象でしょうか。この意味、用法は『大漢和辞典』の「黄雲」の条に「塵埃などのために黄色く見える雲」といい、上記謝霊運詩を引くもの（巻十二―九四八頁）です。つまり白楽天は「効陶潜体詩十六首其二」で、それを薄暗く垂れ込めた雨雲のさまに転用したのでした。

なお付け加えれば、白楽天には、「雲」が「黄」色いとする表現もあり、雨ではなく、雪の空模様をいう例ですが、四例あります。以下に示しておきました。

草白經霜地　　草は白し　霜を経たる地
雲黄欲雪天　　雲は黄なり　雪ふらんと欲する天

（「歳除夜対酒」『白氏文集』巻六六　3332）

日晦雲氣黃
東北風切切

日晦くして雲気黄なり
東北　風切切たり

（「送兄弟迴雪夜」『白氏文集』巻一〇　0456）

連夜江雲黃慘澹
平明山雪白模糊

連夜　江雲　黄　惨澹たり
平明　山雪　白　模糊たり

（「雪中即事寄微之」『白氏文集』巻五三　2322）

宿雲黃慘澹
曉雪白飄颻

宿雲　黄　惨澹たり
暁雪　白　飄颻たり

（「西楼喜雪命宴」『白氏文集』巻五四　2445）

このように見てくると、白楽天は『文選』の用語を転用して、雨や雪の空模様を「黄雲」、「雲気黄なり」と表現していることが確かめられると思います。ところで「霖雨苦多江湖暴漲塊然独望因題北亭」詩の「黄気」が実際の長雨の情景を描いた語であるならば、白楽天の用語としては「黄雲」がよりふさわしく思われるのに、それでは、なぜ「黄雲」の語を用いず、「黄気」と言ったのかが問題になります。

その点を検討する順序として、まず「黄雲」と「黄気」は、意味上、違いがあるのでしょうか。「雲」と「気」の字義を『説文解字』に拠って比べてみますと、

「雲、山川气也」（『説文解字』十一篇下）

「气、雲气也」、その段注に「气、氣、古今字」（一篇上）。

とあって、「雲」と「気」の間には、字義の上で大きな違いはないことになります。

それならば、詩表現の上で異なる文字を用いたのについては、他の理由を考える必要があることになります。ここでいまお話ししている形式の問題、具体的にはこの詩は五言排律だから、近体詩としての形式上の制約、平仄の問題を考える必要が出てくるわけです。

そこでこの詩の平仄配置を確かめてみると、以下のようになります。平字を○、仄字を●、韻字を◎で示します。

自作潯陽客　●●○○●
無如苦雨何　○○●●◎
陰昏晴日少　○○○●●
閑悶睡時多　○●●○◎
湖闊將天合　○●○○●
雲低與水和　○○●●◎
籬根舟子語　○○○●●
巷口釣人歌　●●●○◎
霧鳥沈黄氣　●●○○●
風帆蹴白波　○○●●◎
門前車馬道　○○○●●

一宿變江河　●●●○◎

第九句は「黄気○●」とすることで平仄が整っているが、ここで「黄雲○○」を用いると、下三字がすべて平字になり、平仄式に合わなくなります。すなわちこの詩の「黄気」は、平仄を整えるために、意味の近似した語によって言い換えた表現ということになります。つまりこの「霖雨苦多江湖暴漲塊然独望因題北亭」詩の「黄気」は、近体詩の形式的制約に着目することで語義が明確にとらえられる例、私の言う三か条の第三のケースの好例ということになるわけです。

## まとめ

以上、「三か条」と称して、私が漢詩を読む上で、また教える上で気をつけていることについてお話しししてきました。

要するに、自分なりに疑問を残さない読み方ができるかどうかが問題で、昔ながらの「解釈の学」と言ってもよいのかも知れません。「学」と言ってはおこがましい、せいぜい書物の読み方ということでしょうか。我ながら手間ばかりかかって、効率の悪い読み方だと思いますが、私のような者にとっては、作者の思考、心情に少しずつ近づいてゆくためのやむを得ない手順ではないかと考えています。

はじめに申し上げたとおり、私はもう退職したので、教授上の問題はあまり考えなくてよいのかもしれませんが、早稲田や聖堂の講座においでくださっている方もあります。そして退職後、改めて気づいたのですが、私は思いの外、そういう場で調べたことをお話しするのが好きなようです。私自身の本の読み方として、また他人様にお話しするために、今後もこういう作業を続けてゆきたいと思っています。それには定年はないでしょう。これからもなるべく息長くものを読んでゆきたい、そのために諸先生、知友のお助けを仰いでゆきたい、とお願いを申し上げて、今日のお話しの結びとしたいと思います。これという発見もありませんし、学問的ともいえないまとまりの悪いお話でしたが、ご静聴くださった皆様に御礼を申し上げます。有り難うございました。

# 補記

本講演を行ったおり、会場で質問を戴いた。それは本稿第二章の「量移」に関するもので、「白居易が江州司馬から忠州刺史に遷ったのは、量移だったか否か。忠州は長安から随分と遠いが、それでも量移と言えるか」というご質問であった。

量移とは、罪によって地方にだされた官僚が、赦されてより近い任地に替えられることをいう。

この問題については、布目潮渢氏「白楽天の官吏生活―江州司馬時代―」（『布目潮渢中国史論集』下　二〇〇四年　汲古書院）、羅聯添氏『白楽天年譜』（国立編訳館　中華民国七十八年）「元和十三年」「除忠州寄謝崔相公」詩の条に考察があって、白楽天の忠州転任は量移であったとみてよい。しかし講演時には手許に詳細な資料もなかったので、「量移であったと考えている」とのみお答えして済ませてしまった。いま、私自身の心覚えを兼ねて、白楽天の忠州転任を量移と考える根拠を挙げておくことにしたい。

第一に、伝記資料の記事がある。この忠州刺史への転出を『旧唐書』の本伝には「十三年冬、忠州刺史に量移せらる」と記している。一方、『新唐書』本伝には「之を久しうして忠州刺史に徙る」とあるのみで、量移とはいっていない。両唐書の記述に相違があるが、量移とする正史の記事が存在する。

第二に、白楽天本人がこの転任を量移と考え、詩にもそのようにうたっている。まず、「重ねて李大夫に贈る」詩に

流落多年應是命　　流落多年　応に是れ命なるべし
量移遠郡未成官　　遠郡に量移せられて未だ官を成さず
（「重贈李大夫」巻一七　1102）

という句がある。この詩は元和十四年（八一九）、忠州刺史に任ぜられて赴任する途中、夏口で鄂州刺史、鄂岳観察使であった李程に贈った作である。あるいは詩的表現かも知れぬが、ともあれ本人の言に「遠郡に量移せられて」とある。

また、忠州転任に関して、転任できるようにはからってくれた人物に感謝の意を寄せた詩もある。「忠州に除せられ、崔相公に寄謝す」詩である。

感舊兩行年老涙
酬恩一寸歳寒心
忠州好悪何須問
鳥得辭籠不擇林

旧に感ず　両行　年老の涙
恩に酬いん　一寸　歳寒の心
忠州の好悪　何ぞ問ふを須ひん
鳥　籠を辞するを得ば　林を択ばず

（「除忠州、寄謝崔相公」巻一七　1100）

崔相公とは、崔羣のこと。楽天とは同年の生まれで、翰林学士であった時、同僚だった。元和十二年に中書侍郎・同中書門下平章事（宰相）となっている。この人物の力添えで、忠州への量移が決まったと考えられる。ここに引いた四句からは、江州司馬の地位を去ることができる喜びとともに、崔羣への深い感謝の念が読み取れる。もっとも新たな任地について「忠州が善いところか悪いところかなどは問題ではない。鳥は籠から出ることさえできれば、どんな林であれ、選り好みはしないのだ」というのは、いかに忠州が下州である（『新唐書』地理志）からといって、些か言葉が過ぎるような気がしなくもないが、これも喜びのあまりの発言とみておけばよろしかろう。

併せて江州における在任期間のことも触れておく。

白楽天の江州在任は元和十年（八一五）十月（日付は不明）から十三年（八一八）十二月二十日、三年あまりであった。この期間をどのように考えるべきであろうか。言い換えれば通常の司馬の任期と比べて、特別待遇というほどの相違があるのか否か。

講演時には、「（司馬などの）任期は基本的に三年」と述べておいたが、これは原則的な数字である。この頃の司馬の任期の実情を伝える資料が楽天の詩にあるので、挙げておく。

亦知官舍非吾宅　　亦た知る官舎は吾が宅に非ざるを
且劚山櫻滿院栽　　且つ山桜を劚りて満院に栽う
上佐近來多五考　　上佐は近来　五考多し
少應四度見花開　　少なくとも応に四度花の開くを見るべし

（「移山桜桃」巻一六　0919）

江州に着任した翌春、元和十一年（八一六）春、山の桜桃（シナノミザクラというサクランボの一種）を官舎に移植して、花を愛でる心をうたった詩である。大意を言えば、官舎は我が家ではないことは知っているが、それでも山の桜桃を掘ってきて、庭いっぱいに植えた。司馬の職は近ごろは五年で転任になることが多いから、少なくとも四度は花の開くのを見られるはずだ。と、概ねこのようなところであろう。

この詩にいう「上佐」は、別駕・長史・司馬の総称。『通典』職官典、総論郡佐に見える。「五考」とは、「考」は、考績。官吏に対して行われる人事考課のこと。毎年行われており、この結果によって人事の評定がなされた。『唐会要』巻八一貞元七年八月の考功奏文に「考課令に准り、諸司官は皆毎年の功過行能に拠りて其の考第を定む」とあるのがそれをいうのであろう。「五考」で、五回の考課、つまり五年の意。これを佐久節氏『白楽天詩集』（二）（東洋文化協会復版　続国訳漢文大成　一九五七年）の〔字解〕に「五年目に成績を吟味し、その善悪によりて黜陟をすること」、岡村繁氏『白氏文集』（三）（明治書院　新釈漢文大系　一九八八年）〔語釈〕に「五年目ごとに行われる官吏の勤務評定」と解するのは従い難い。

この詩に「近来＝近ごろ」といっているのを見れば、元和十一年には、司馬は五年以上の勤務を経て転任するのが一般化していたことになる。そして、一方で、量移に関しては、五考に満たぬ者には許されなかったようである。元和十二年（八一七）、七月乙酉の勅に、(1)「今後左降官及責授正員官等、宜従到任経五考満、許量移。(2)—今後左降の官及び正員を責授せらるるの官等は、宜しく任に到りて五考の満つるを経るに従って量移を許すべし—」というのがある（『旧唐書』憲宗紀）。五考に満たぬ官員の量移を許さないという規定と読める。とすれば、通常の転任であれ、量移であれ、司馬は五考に満たぬ場合、基本的に転任できなかったということになろう。

このことに関して羅聯添氏は、『旧唐書』の十二年七月「勅」を引いて、楽天が元和十年に江州に貶せられてより十三年十二月までで四年、忠州刺史を授けられるを得たのは、まったく崔羣の力によるものであった、故に楽天は「除忠州寄謝崔相公」詩を作って感謝したのだ、と述べていられる。在任期間からして量移は許されないはずが、崔羣の尽力で許されたと考えていられるのであろう。

私も羅氏の見解に従って、楽天の満三年あまりでの転任は、有力者の力添えがあっての特例だったのではないかと考える。
さて、最後に「近地＝都に近い土地」の問題について確かめておく。
長安から江州までの距離は、
京師の東南二千九百四十八里に在り。（『旧唐書』「地理志」）
西北、上都に至る、二千七百六十里。（『元和郡県図志』巻二八）
忠州までの距離は、
京師の南二千二百二十二里に在り。（『旧唐書』「地理志」）
とある。因みに現行の『元和郡県図志』には山南東道巻二〇～二二を欠いており、江州までとの距離の比較が出來ない。ひとまず『旧唐書』「地理志」の数字に拠るとして、忠州のほうが少しく長安には近い。遠近の点からも量移の条件を満たしていたことがわかる。
以上、白楽天の忠州転任は、量移であったと考えるものである。

注

（1）存疑。『唐代の暦』（同朋舎出版復刊　昭和五二年）によると、元和十二年七月に「乙酉」の日付はない。「丁酉」ならば十日であるが、他の記事と順序が合わない。「乙巳」ならば十八日である。

（2）訓みはかりそめに附したものである。御示教を請う。

# 七、「長恨歌」私注稿

## 位置づけ

「長恨歌」（『白氏文集』巻一二　0596）は、白居易（七七二〜八四六）の代表作の一つ。「琵琶行」とならぶ物語詩の代表と言える。

その位置づけは、古来、日中を通じて変わらなかった。「元九に与ふる書」（『白氏文集』巻二八　1486）には、

我、白学士が長恨歌を誦し得たり、豈他の妓と同じからんや。

と誇った長安の妓女があったという。我が国にも平安時代に既に伝えられ、文学的に大きな影響を与えた。例えば『源氏物語』桐壺の巻はその構成を「長恨歌」に学んでいることが指摘されている。また、藤原公任撰『和漢朗詠集』にも名句が採られてい

る。

この詩は唐の第六代皇帝玄宗と、その愛妃楊貴妃の物語に題材をとった叙事詩で、二人の愛が終わりを全うすることができず、楊貴妃の死によって愛が永遠に回復できなくなったことを恨み悲しんだものである。「長恨歌」の詩題は、この長篇詩の末二句「天は長く地は久しきも時有りてか盡きん、此の恨み緜緜として盡くる期無からん」の意を承けたものである。

## 制作事情

この詩の制作事情については、陳鴻の「長恨歌伝」(諸版本とも、「長恨歌」に附載されている)に詳しい。その記事によると、元和元年(八〇六)四月、白居易は校書郎から盩厔県尉となった。ある日、この土地に住んでいた友人の陳鴻、王質夫と三人で仙遊寺に遊び、話が玄宗と楊貴妃のことに及んでともに感嘆したが、王質夫が「このような世にもまれな話は、天才の筆によって潤色しなくては忘れられて伝わらなくなってしまう。楽天は詩にすぐれ、情感豊かな人だから、これを詩にうたってみてはどうか」と勧めたのでこの詩を作り、陳鴻が「長恨歌」に伝した、という。

ところで「長恨歌」には、「序」が附せられているテキストがある。しかしこの「序」は、中国に伝わった諸本には載せられていず、『歌行詩諺解』など、我が国に伝わる抄物の類に附せられている。現在、この「序」は、我が国で作られたものとされ、本来の制作事情を伝える資料ではないと考えられている。これについては略す。

## 詩と史実、注記など

先に述べたとおり、「長恨歌」は歴史的な出来事に材を取った叙事詩であるから、もとづくところ、依拠した史実がある。史実は史実として別に考え、作品内容をそのまたどればよいとする立場もあろう。しかし作者の構想、潤色の仕方などを見るためには、史実への目配りは欠かせない。語釈とするには煩雑に過ぎることも多いので、補注として附記するような配慮も必要かと思う。

この作品が何を主題とするかについては、古来、議論があった。それについては後述することとし、以下、那波本に拠って「長恨歌」を読んでゆくこととする。長篇なので、一応、三段に区切ってみてゆく。なお、詩の本文に」を附したのは換韻箇所を示す。なお、押韻については別にまとめた。

長《ちやう》恨《ごん》歌《か》

漢皇重㆑色思㆓傾國㆒

御宇多年求不㆑得

楊家有㆑女初長成

養在㆓深閨㆒人未㆑識

天生麗質難㆓自棄㆒

一朝選在㆓君王側㆒

廻㆑眸一笑百媚生

六宮粉黛無㆓顔色㆒」

春寒賜㆑浴華清池

温泉水滑洗㆓凝脂㆒

漢皇《かんくわう》　色を重んじて　傾国《けいこく》を思ふ

御宇《ぎよう》　多年　求むれども得ず

楊家《やうか》に女《むすめ》有り　初めて長成《ちやうせい》す

養はれて深閨《しんけい》に在り　人未だ識らず

天生の麗質《れいしつ》　自《おのづか》ら棄て難く

一朝《いつてう》選ばれて君王《くんわう》の側《かたはら》に在り

眸《ひとみ》を廻《めぐ》らして一笑《いつせう》すれば百媚《ひやくび》生じ

六宮《りくきゆう》の粉黛《ふんたい》顔色無し

春寒くして浴《よく》を賜《たま》ふ華清《くわせい》の池《いけ》

温泉水《をんせんみづ》滑らかにして凝脂《ぎようし》を洗ふ

侍兒扶起嬌無レ力
始是新承二恩澤一時」
雲鬢花顔金歩搖
芙蓉帳暖度二春宵一
春宵苦レ短日高起
従レ此君王不二早朝一」
承レ歡侍レ宴無二閑暇一
春従二春遊一夜專レ夜」
後宮佳麗三千人
三千寵愛在二一身一
金屋粧成嬌侍レ夜
玉樓宴罷醉和レ春」
姉妹弟兄皆列レ土
可レ憐光彩生二門戸一

侍児《じじ》扶《たす》け起こすに嬌《けう》として力無し
始めて是れ新たに恩澤《おんたく》を承《う》くるの時
雲鬢《うんびん》　花顔《くわがん》　金歩揺《きんぼえう》
芙蓉《ふよう》の帳《とばり》暖かにして春宵《しゆんせう》を度《わた》る
春宵短きに苦しんで日高くして起く
此れ従《よ》り君王《くんわう》早朝《さうてう》せず
歡《くわん》を承け宴に侍《じ》して閑暇無く
春は春の遊びに従ひ夜《よる》は夜を專《もつぱ》らにす
後宮《こうきゆう》の佳麗《かれい》三千人
三千の寵愛一身に在り
金屋《きんをく》粧《よそほ》ひ成りて嬌として夜に侍し
玉楼《ぎよくろう》　宴罷《えんや》んで酔うて春に和す
姉妹弟兄《ていけい》　皆土《ど》を列《つら》ぬ
憐《あは》れむ可し　光彩《くわうさい》　門戸《もんこ》に生《しやう》ずるを

遂令㆔天下父母心
不㆑重㆑生㆑男重㆓㆑生㆑女」
驪宮高處入㆓青雲㆒
仙樂風飄處處聞」
緩歌縵舞凝㆓絲竹㆒
盡日君王看不㆑足
漁陽鞞鼓動㆑地來
驚破霓裳羽衣曲」

遂《つひ》に天下の父母の心をして
男《をとこ》を生むを重んぜず　女《をんな》を生むを重んぜしむ
驪宮《りきゆう》高き処　青雲に入り
仙楽風に飄《ひるがへ》りて処処《しよしよ》に聞《きこ》ゆ
緩歌《くわんか》縵舞《まんぶ》　糸竹を凝《こ》らし
尽日《じんじつ》君王看れども足らず
漁陽《ぎよやう》の鞞鼓《へいこ》　地を動《どよ》もして来り
驚破《けいは》す　霓裳羽《げいしやうう》衣《い》の曲

（以上、第一段。詩中の」は換韻箇所を示す。）

語釈

○長恨歌　永遠につきることのない、長き恨みの歌。「恨」は、回復不能な事柄・状況についての悔恨・無念の思い。悔恨。楊貴妃が殺されて、玄宗と楊貴妃の愛の回復は不可能になってしまったところから「長恨」と表現したもの。○漢皇　漢の皇帝、特に武帝をいうが、唐の詩では、唐を漢と言い換えることがしばしばある。ここでは唐の玄宗皇帝をさす。漢の武帝が李夫人を寵愛したことはよく知られており、白居易自身、「李夫人」（『白氏文集』巻四　0160）という詩を作って帝王が過度に婦女を寵愛することを戒めている。この詩でも玄宗と楊貴妃の愛を武帝と李夫人になぞらえたのである。○**傾國**　絶世の美人。漢の李延年が自分の妹（後の李夫人）を武帝にすすめた時の詩に「北方に佳人有り、絶世にして独立す。一たび顧みれば人の城を傾け、再び顧みれば人の国を傾く」とある。○**御宇**　天子の在位期間。治世。「宇（宇宙）を御（統治）する」意。○**求不得**　求めても得られない。「動詞＋不得」で、不可能を表す。訓読は伝統的な訓みに従って「求むれども得ず」とよんだが、「求め得ず」でよいかも知れない。○**楊家有女**　楊貴妃のこと。楊貴妃は蜀州（四川省）司戸の官にあった楊《よう》玄琰《げんえん》の娘で、幼名を玉環《ぎょくかん》といった。はじめ玄宗の皇子寿王瑁《ぼう》の妃であったが、のち玄宗に召し出され、一旦女道士となって寿王との縁を絶った後、宮中に納れられ、貴妃となった。女道士となったのは開元二十八年（七四〇）十月のことで、時に玄宗五十六歳、貴妃二十二歳であった（『新唐書』「玄宗紀」）。↓補注（1）○**初長成**　成長したばかり。○深閨　奥深い夫人の室。○一朝　にわかに。作品の上では、楊家のむすめがにわかに宮廷に召されたとの気分を表す措辞。↓補注（1）○百媚　女性のさまざまな魅力。○六宮　天子の後宮である六つの宮殿。○粉黛　六宮にいる美女をさす。「粉」はおしろい、「黛」はまゆずみ。○無顔色　容色が比較にならない。○賜浴　温泉を賜る。特に温泉を引いてもらった、の意か。○華清池　長安東郊の、驪山《りざん》にあった華清宮の温泉。玄宗は毎年華清宮に避寒に行っていた。ただし華清宮という呼び方は、『旧唐書』「玄宗紀」、『新唐書』「地理志」によれば、天宝六載（七四七）にはじまったことになっており、開元二十八年当時の言い方としては、おかしい。↓補注（2）○洗　温泉の湯が肌を洗う。肌に注ぐ。体を「洗う」のではない。○凝脂　白くつややかな肌の喩え。『詩経』衛風「碩人《せきじん》」に「手は柔荑《じゅうてい》の如く、膚は凝脂の如く、領《えり》は蝤蠐《しゅうせい》の如く、歯は瓠犀《こさい》の如く、螓首《しんしゅ》蛾眉《がび》」とある。○侍児　侍女。○嬌無力　なまめかしく、なよなよとして力無いさま。○恩澤　天子の寵愛。○雲鬢　雲のようにゆたかで美しい髪。○金歩揺　黄金のかんざし。「歩揺」は、歩くにつれて飾りが揺れるかんざし。○芙蓉帳　ハスの花を刺繍した、寝台のカーテン。芙蓉は、ハスの花。○春宵　春の夜。「宵」は「よい」ではなく、「よる」。○苦短　「はなはだみじかく」とよむ解もある。○早朝　早朝の政治。昔の中国では政治決裁を早朝に行った。○承歡　玄宗の心にかなうような言動をする。○三千人　実際の数ではなく、数が多いことを言う表現。○金屋・玉樓　美しい御殿。「金屋」は「若《も》し阿嬌《あけう》を得て婦と作《な》さば、当《まさ》に金屋を作りて之を貯ふべし」という、漢の武帝の語（『漢武故事』）にもとづく。○醉和春　酔って春の気分にとけこむ。○列土　臣下に領土を分け与え、諸侯とすること。「土」は、領地、領土。「列」は、「分」の意。したがって「土を列《わか》たれ」とよむのが正しいのであろうが、伝統的なよみにしたがって「土を列《つら》ね」とよんでおく。ここでは楊貴妃の兄弟姉妹が、みな領地を与えられて諸侯になったことをいう。『新唐書』「后妃伝」によると、兄の銛《せん》は鴻臚卿《こうろけい》、錡《き》は侍御史になったとあり、従兄の釗《しょう》は後に国忠と名を賜り、宰相になる。三人の姉は、各々韓国夫人、虢国《かくこく》夫人、秦国夫人の称号を受け、領地を賜り、宮中への出入りを許された。なお「姉妹兄弟」でなく、「弟兄」といったのは、古体詩であっても、平仄配置を考えて四字目に平字の「兄」を用いたのであろう。→補注（3）○可憐　強い感動を表す語。ここでは「驚いたことに」という気分。「かわいそうに」ではない。○門戸　一門、一族。門口の意から、邸、一族などの意に転用される。○不重生男　男児が生まれるのを喜ばず、女児が生まれるのを喜ぶ。中国では古来、跡継ぎの男児を大事にしたが、楊貴妃のおかげで楊氏一門がにわかに出世したため、女児が大事にされるようになったというのである。陳鴻の「長恨歌伝」には当時の俗謡に「女を生むも悲酸する勿《なか》れ、男を生むも喜歓する勿れ」と歌われたとある。○驪宮　驪山の離宮。華清宮のこと。○仙樂　仙界の音楽。○處處聞　あちらでもこちらでも聞こえる。○緩歌縵舞　ゆるやかな歌と舞。「縵」は「慢」に同じ。○凝絲竹　「糸」は絃楽器、「竹」は管楽器。「凝」はゆるやかに余韻を引く演奏法か。『文選』巻二八の謝朓「鼓吹曲」に「笳を凝らして高蓋を翼《おく》る」とあり、李善注に「徐に声を引く、之を凝といふ」とある。○盡日　一日中。○漁陽鞞鼓　天宝十四載（七五五）十一月、安禄山が楊國忠誅伐を名目として漁陽（現在の北京市東北の薊《けい》県）で叛乱を起こしたこと。「鞞鼓」は馬上で用いる戦鼓。↓補注（4）○動地來　大地を揺るがして押し寄せてくる。○驚破　驚かし、打ち砕く。「破」は強意の助字ではなく、「破壊」の意と解しておく。○霓裳羽衣曲　西域渡来の舞曲。『新唐書』「礼楽志」には、玄宗の時、河西節度使楊敬忠がこの曲を献上したこと、普通楽曲は終わると余韻を引かぬものなのに、霓裳羽衣の曲のみは「将に畢らんとして声を引くこと益す緩やか」な曲であったと記す。また、白居易「霓裳羽衣歌」(『白氏文集』巻五二　2202)に「唳鶴は曲終りて長く声を引く」とあり、自注に「凡そ曲、将に畢らんとして皆声拍促速なり。唯霓裳羽衣の末のみ、長く一声を引くなり」とある。前の「緩歌慢舞糸竹を凝らす」の句とよくあう。その他、「霓裳羽衣曲」については、様々な伝承がある。↓補注(5)

## 通釈

昔、漢の帝《みかど》は色を好まれ、傾国の美人を得たいと願っていたが、治世の間、長年求められたのに、望む美人は得られなかった。ここに楊家に年頃になったばかりの女《むすめ》がいたが、深窓に育てられ、世の人々には知られていなかった。しかし、生まれついての美しさはいつまでも埋もれているはずもなく、ある日、選び出されて帝のお側に侍ることになった。ひとたびふりむいてほほえめば、限りないあでやかさが生じ、さしもの後宮の美女たちも顔色を失うほどであった。

春まだ浅いある日、華清宮での湯浴みを賜った。温泉のまろやかな湯は、きめ細かい白い肌を洗う。侍女が手をかしてたすけ起こすが、なまめかしく力無げである。今こそ、初めて帝の恩寵をうけるときが来たのだ。

雲のように豊かな髪、花のかんばせ、黄金の歩揺のかんざし。ハスの花を刺繍した帳の内は暖かく、その中で春の夜を過ごす。春の夜の短さを嘆きつつ、日も高くなって床を離れる。これより帝は、早朝の政治をなさらなくなった。

帝の御心にそい、宴に侍って暇とてなく、春は春の遊宴にお供し、夜は夜の御伽を一人占めにする。

後宮の美女三千人、その三千人への御寵愛が楊貴妃一人に集中した。黄金の御殿の中、化粧を凝らしてあでやかに帝の夜につかえ、玉楼に宴の果てるころ、ほんのりと酔って春の気分にとけこんでゆく。

姉妹も兄弟も、みな領土を頂戴して諸侯に取り立てられる。ああ、一門すべてがまぶしくも栄えかがやいた。かくて天下の父母たちの心に、男の子を産むよりも女の子を産む方がよいと思わせるようになったのだ。

驪山の宮殿の高みは青雲に隠れ、この世のものならぬ妙なる楽の音は、風に乗ってあちらこちらに響く。

緩やかな歌と舞、管絃の響きは緩く余韻を引き、帝は終日御覧になっても飽きることもない。突如、東北、漁陽の軍鼓の響きが大地を揺るがして迫り、霓裳羽衣の曲を打ち砕いた。

余説

第一段には、玄宗皇帝による楊貴妃寵愛の経緯と、その歓楽のさまが描かれる。詩は、まず楊貴妃が玄宗に召し出された経緯をうたう。「漢皇」といったのは、唐の天子、玄宗を直接いわず、漢代のこととしてうたった表現。唐の詩人がしばしば用いる手法。詩では楊貴妃が直ちに玄宗の側に上がったかのようにうたうが、「語釈」に記したとおり、事実はそうではなかった。玄宗は開元二十五年（七三七。一説に二十四年）に寵愛していた武恵妃を喪い、鬱々として楽しまなかった。そんなおりに寿王の妃であった楊貴妃が見出され、宮中に入ったのである。作者が寿王とのことを省いたのは、無論芳しからぬ事実を忌んだためであり、また両人の恋愛を美化して、「長《とこし》えの恨み」の印象を深めようとしたためであろう。

楊貴妃を深く愛するようになった玄宗は、やがて政治に飽き始める。そして楊貴妃が寵愛を専らにするのにともなって、一族のものたちが取り立てられ、栄華を極めるに至る。当然、その陰には政治の破綻が生じ、人々の不満が積もっていたことだろう。「遂に天下の父母の心をして、男を生むを重んぜず　女を生むを重んぜしむ」という句は、そのあたりの事態を諷したもののように読める。そのような玄宗と楊貴妃の危機をはらんだ愛の姿とその崩壊が、鮮やかな対照をなして描かれているのが、この第一段の末尾四句である。

「緩歌　縵舞　糸竹を凝らし、尽日　君王　看れども足らず」。霓裳羽衣の曲とは、緩やかに余韻を引く、情感のこもった曲だったらしい。その緩やかな曲にあわせて舞う美女と、それにあかず見とれる玄宗と楊貴妃。二人の愛情の濃やかさを伝える表現であるとともに、玄宗の治世、開元天宝の世の平和なありさまを象徴する情景でもあった。楊貴妃の作といわれる詩に、楊貴妃の侍女、張雲容が霓裳羽衣の曲を舞うさまをうたったものがある。「張雲容の舞に贈る」という詩で、『全唐詩』巻五の注に、貴妃が玄宗に従って繍嶺宮に行った時の作だという。

羅 袖 動レ香 香 不レ已　　羅《ら》袖《しう》香《かをり》を動かすも香已《や》まず

紅 蕖 裊 裊 秋 煙 裏　　紅蕖裊裊《こうきよでうでう》たり　秋煙《しうえん》の裏《うち》

輕 雲 嶺 上 乍 搖レ風　　軽雲は嶺上《れいじやう》に乍《たちま》ち風に揺れ

嫩 柳 池 邊 初 拂レ水　　嫩柳《どんりう》は池辺に初めて水《みづ》を払《はら》ふ

「羅袖」は、うすぎぬの衣の袖。「紅蕖」は、紅い蓮の花。「裊裊」とは、しなやか揺れているさま。「嫩柳」は、柔らかにしだれる柳の枝をいう。玄宗の行幸に従って離宮に行き、歌舞を楽しんでいる楊貴妃の姿が目に浮かぶ。

しかし、場面は急激に転換する。太平の安逸に慣れきった二人の愛の世界は、突然の戦乱によって、もろくも崩壊する。その戦乱の象徴ともいえるのが「漁陽の鞞鼓地を動《どよ》もして来り」の句である。「緩歌　縵舞　糸竹を凝らし、尽日　君王　看れども足らず」というのどかな表現の後に、それとは全く異質の、強烈な響きの句が唐突に置かれている。それによって、この事件が全く予期されぬ出来事であったこと、少なくとも二人だけの愛の世界にひたりきっていた玄宗と楊貴妃にとっては、予想だにしない、突然の破局だったことが示される。したがってここの「驚破す」の「破」は、文字通り「破壊」の意に解してよいだろう。

九重城闕烟塵生
千乗萬騎西南行」
翠華揺揺行復止
西出㆓都門㆒百餘里
六軍不㆑發無㆓奈何㆒
宛轉娥眉馬前死」
花鈿委㆑地無㆓人收㆒
翠翹金雀玉搔頭
君王掩㆑面救不㆑得

九重《きうちよう》の城闕《じやうけつ》　烟塵《えんぢん》生《しやう》じ
千乗《せんじよう》　万騎《ばんき》　西南に行く
翠華《すいくわ》　揺揺《えうえう》として　行きて復た止《とど》まり
西のかた都門を出づること百餘里
六軍《りくぐん》発せず　奈何《いかん》ともする無く
宛転《ゑんてん》たる娥眉《がび》　馬前に死す
花鈿《くわでん》　地に委《ゆだ》ねて　人の収《をさ》むる無し
翠翹《すいげう》　金雀《きんじやく》　玉搔頭《ぎよくさうとう》
君王　面《おもて》を掩《おほ》ひて救ひ得ず

迴看血涙相和流」
黄埃散漫風蕭索
雲棧縈紆登㆓劍閣㆒
峨嵋山下少人行
旌旗無㆑光日色薄」
蜀江水碧蜀山青
聖主朝朝暮暮情
行宮見㆑月傷心色
夜雨聞㆑鈴腸斷聲」
天旋日轉迴㆓龍馭㆒
到㆑此躊躇不㆑能㆑去
馬嵬坡下泥土中
不㆑見㆓玉顔㆒空死處」
君臣相顧盡霑㆑衣

迴《かへ》り看《み》て　血涙《けつるい》　相和《あひわ》して流る
黄埃《くわうあい》　散漫《さんまん》　風　蕭索《せうさく》
雲桟《うんさん》　縈紆《えいう》　剣閣に登る
峨嵋山下《がびさんか》　人行少《じんかうまれ》なり
旌旗《せいき》光無く　日色薄し
蜀江《しよくかう》は水碧《みづみどり》にして　蜀山《しよくざん》は青《あを》く
聖主　朝朝暮暮《てうてうぼお》の情《じやう》
行宮《あんぐう》に月を見れば　傷心《しやうしん》の色
夜雨《やう》に鈴を聞けば　腸断《ちやうだん》の声《こえ》
天旋《てんめぐ》り日転《ひてん》じて　竜馭《りゆうぎよ》を迴《めぐ》らし
此《ここ》に到《いた》つて躊躇《ちうちよ》して　去ること能はず
馬嵬《ばくわい》の坡下《はか》　泥土《でいど》の中《うち》
玉顔《ぎよくがん》を見ず　空しく死せし処《ところ》
君臣相顧《あひかへり》みて　尽《ことごと》く衣《ころも》を霑《うるほ》し

東望二都門一信レ馬歸」
歸來池苑皆依レ舊
太液芙蓉未央柳」
芙蓉如レ面柳如レ眉
對レ此如何不二淚垂一
春風桃李花開夜
秋雨梧桐葉落時」
西宮南苑多二秋草一
宮葉滿レ階紅不レ掃
梨園弟子白髮新
椒房阿監青娥老」
夕殿螢飛思悄然
孤燈挑盡未レ成レ眠
遲遲鐘鼓初長夜

東のかた都門を望み　馬に信《まか》せて帰《かへ》る
帰り来れば　池苑《ちゑん》　皆旧《きう》に依《よ》る
太液の芙蓉　未央《びあう》の柳
芙蓉は面《おもて》の如く　柳は眉の如し
此《これ》に対して　如何《いかん》ぞ涙垂れざらん
春風《しゆんぷう》　桃李《たうり》　花開くの夜
秋雨《しうう》　梧桐《ごとう》　葉落つるの時
西宮《せいきゆう》　南苑《なんゑん》　秋草《しうさう》多《おほ》く
宮葉《きゆうえふ》　階《かい》に満ちて　紅《くれなゐ》掃《はら》はず
梨園《りゑん》の弟子《ていし》　白髪新たに
椒房《せうばう》の阿監《あかん》　青娥《せいが》老いたり
夕殿《せきでん》　蛍飛んで　思ひ悄然《せうぜん》
孤灯《ことう》挑《かか》げ尽くして　未だ眠りを成さず
遅遅《ちち》たる鐘鼓《しようこ》　初めて長き夜《よる》

耿耿星河欲レ曙天」
鴛鴦瓦冷霜華重
翡翠衾寒誰與共
悠悠生死別經レ年
魂魄不二曾來入レ夢」

耿耿《かうかう》たる星河《せいが》　曙《あ》けんと欲するの天
鴛鴦《ゑんあう》の瓦《かはら》冷やかにして　霜華《さうくわ》重く
翡翠《ひすい》の衾《ふすま》寒くして　誰と共にかせん
悠悠《いういう》たる生死　別れて年を経たり
魂魄《こんぱく》　曽《かつ》て来つて夢に入らず

（以上、第二段）

語釈

○九重城闕　宮城。「城闕」は、城門の両側の楼をいうが、ここでは門のこと。天子の宮門が「九重」とは、『楚辞』「九弁」に「君の門は九重を以てす」とあるのにもとづく。　○煙塵生　戦火のため煙や塵が立ち上る。　○千乗萬騎　天子の隊列。千輌の車、万騎の騎馬の意。　○西南行　西南の方角、蜀《しょく》の成都へ落ち延びる。天宝十五載（七五六）六月十三日未明の出発であった。従ったものは、楊貴妃、その姉妹、楊国忠、皇太子、数人の皇族、陳玄礼、韋見素等の近臣など、ごく少数であった。「千乗萬騎」とは、詩的表現である。↓補注（6）　○翠華　翡翠（かわせみ）の羽根飾りをつけた天子の旗じるし。　○百餘里　馬嵬《ばかい》駅は長安西方百餘里（約五六キロメートル）にあった。○六軍　天子の軍隊。周の制度では、一軍は一万二千五百人、天子の軍は六軍とされていた。これも実際の人数ではない。○不發　出発しない。陳玄礼の率いる近衛兵は馬嵬駅から出発しようとせず、動乱の責任が天子の側近にあるとして楊国忠、楊貴妃等の処刑を要求した。　○宛轉　すんなりと美しいさま。　○娥眉　「娥」は、女性が美しい。「娥眉」で、女性の美しい眉。また、美人のこと。ここでは楊貴妃をいう。なお、テキストによっては「娥」を「蛾」に作るものがある。　○馬前死　兵士たちの要求によって貴妃に死を賜ったことをいう。日付は資料によって相違があるが、六月十四日のことと考えておく。「長恨歌伝」によれば尺組（官吏が腰につける組み紐）で縊殺させたという。↓補注（7）　○花鈿　花かんざし。「鈿」は、かんざし。一説に、女性が額に貼りつける花形の飾り。　○委地　「委」はある状態のままに任せること。地に落ちたままになっている。　○翠翹　翡翠《かわせみ》の尾羽根で作った（一説に、それをかたどった）髪飾り。　○金雀　金の孔雀（あるいは雀）の形の髪飾り。　○玉搔頭　玉のかんざし。○血涙　ここでは文字通り血と涙の意であろう。○黄埃　黄塵。黄土から舞い立つ土埃。○散漫　一面に広がるさま。○蕭索　ものさびしいさま。○雲桟　雲にとどくような桟《かけはし》。有名な蜀の桟道である。○縈紆　うねり曲がるさま。『文選』「西都賦」李善注所引『説文』に「縈紆は猶ほ回曲のごとし」とある。○劒閣　山の名。長安から成都へ行く途中にある。閣道（かけはし）が通じているので剣閣といい、中原から蜀への最大の難所とされた。○峨嵋山　成都の南にある山。蜀を代表する山として用いられた語で、長安から蜀へゆくのに実際にその下を通るわけではない。○旌旗　天子の居所を示すのぼりや旗。○蜀江　蜀の地の川。固有名詞ではない。下の「蜀山」も同じ用法。○聖主　聖明なる君主、の意。玄宗のこと。玄宗が至徳元載（七五六）八月に蜀につく以前に、七月に皇太子が霊武（寧夏回族自治区霊武市）で即位して（粛宗）、至徳と改元され、実際は玄宗はすでに上皇になっていた。↓補注（8）○行宮　天子が行幸の際に泊まる、仮の御所。蜀の行在所。○鈴　駅伝の馬の鈴、と解しておく。○天旋日轉　天下の情勢が大きく変わること。至徳二載（七五七）正月、安禄山は息子安慶緒に殺され、さらに十月、官軍は都を回復した。なお、テキストによっては「日」を「地」に作るものがある。↓補注(9) ○迴龍馭 天子が都に帰る。「竜駅」は天子の車馬。上述のとおり、玄宗は既に退位して上皇となっていた。玄宗は至徳二載(七五七)十月に成都を発ち、十二月に長安に帰った。↓補注(10) ○馬嵬坡下 楊貴妃を殺させた馬嵬駅の坂道。「坡」は、堤、坂等の義。○信馬 馬を御する力もなく、馬の歩みにまかせる。○依舊 もとのまま。○太液 太液池。漢の武帝が作らせた池。建章宮の北、未央宮の西南にあった。唐代にも大明宮中に太液池があったが、ここでは漢代の名を借りている。○未央 未央宮。漢の高祖が蕭何に造らせた宮殿。これも漢代の名を用いたもの。○西宮南苑 長安宮(西内)の正殿と南の内裏(南内)興慶宮。玄宗は蜀から帰って後、興慶宮にいたが、やがて西内に移された。↓補注(11) ○紅 散り敷く紅葉。○梨園弟子 「梨園」は玄宗が在位の頃に組織した歌舞団。「弟子」はそこの楽人たちをいう。○椒房 皇后の居室。漢の未央宮にあった室の名。山椒を壁に塗り、暖気と香気を採ったという。山椒は実が多いから、「多子」の意を含ませたともいう。○阿監 取り締まりの女官。○青娥 「娥」を「娥眉」ととれば若々しく美しい眉。「娥」を「美好」の意ととれば青春の美貌。今、上句の「白髪」との対で、若々しく美しい眉ととっておく。○挑盡　灯芯を幾度もかきたて、かき立て尽くす。○鐘鼓　時を告げる鐘や太鼓。○初長夜　楊貴妃を喪った寂しさに、秋の夜が今初めて長く感ぜられる。第一段の「春宵短きに苦しみ」に対応する表現。○耿耿　ほの明るいさま。一説に、明るく輝くさま。『文選』謝朓「暫使下都夜発新林至京邑贈西府同僚」詩の李善注に「耿耿は光るなり」とある。○星河　天の川。○鴛鴦瓦　つがいの鴛鴦をかたどった瓦。○霜華　霜の美称。○翡翠衾　つがいのカワセミの刺繍があるふとん。「鴛鴦」と「翡翠」は、ともに男女、夫婦の仲の良さの象徴。○悠悠　ここでは、遠く遥かなさま。○不曾　いっこうに……しない。

通釈

奥深い宮殿にも、戦火の影響で煙や塵がまきおこり、千乗万騎の帝の軍隊は、西南のかた蜀へと難を逃れてゆく。

帝の御旗は揺れ動きつつ、進んではまたとどまり、都の城門を出て西に百里ほどの馬嵬駅についた。しかし近衛の軍隊は進もうとせず、いかんともしがたい。すんなりとした眉の美人は、あえなくも馬前に死んでいった。

美しい螺鈿のかんざしも、地に落ちたまま拾う人もない。あたりに散らばる翠翹、金雀、玉搔頭。帝も面を掩われるばかりで救うすべもなく、振り返る御目からは血と涙がまじって流れおちた。

黄塵は一面に立ちこめ、風もわびしく吹く中、雲に届くような高い桟道を、めぐりめぐりつつ剣門山の閣道を登ってゆく。峨眉山のふもとは道行く人もなく、帝の御旗も輝きを失い、日射しさえ弱まったように見える。

蜀の大川は碧をたたえ、蜀の山々は青くつらなる。帝は明け暮れ楊貴妃のことを思い続けて、やむ時もない。行宮にあって月を見れば心は傷み、夜の雨に駅鈴を聞けば断腸の思いがする。

天下の情勢は大きく変わり、御車をかえされたが、途中、ここに至って立ち去ることができない。この馬嵬の坡《さか》のもと、土の中に、貴妃は空しく死んでゆき、いまあの玉のかんばせは見られないのだ。

君臣、互いに顔を見合わせて衣を涙にうるおし、東のかた、都城の門を望んで、馬の歩みにまかせて力無く帰ってゆく。

宮城に帰れば、池も御苑ももとのまま、太液池の芙蓉《はす》の花よ、未央宮の柳よ。芙蓉の花は楊貴妃の顔のよう、柳の葉は眉のようである。これらを見てはどうして涙を流さずにいられようか。暖かい春風に桃や李が花開く夜、冷たい秋雨に梧桐《あおぎり》が葉を散らす時、悲しみがひとときわつのるのだ。

西宮にも南苑にも秋草が生い茂り、宮苑の木々の落ち葉が階に散り敷いているのに、その紅葉を掃うものもない。梨園の楽人たちもめっきり白髪が目立つようになり、皇后のお部屋の女官の若々しい眉も老け込んでしまった。

夜の宮殿に蛍が飛ぶのを見てはわびしさはつのるばかり、ただ一つともした灯火の芯をかき立て尽くしても寝つかれない。遅々として進まぬ鐘や太鼓の音に、改めて秋の夜長を知り、耿々とほの明るい天の川に夜明けが近いことを知る。

鴛鴦をかたどった瓦には寒々と霜がいっぱいに置き、翡翠の刺繍の夜具も冷たく、傍らに侍るものとてない。はるかな生死の別れの後、久しく年がたったが、貴妃の魂は夢の中にすら訪れてくれない。

## 余説

漁陽の鞞鼓によって打ち破られた二人の歓楽は、楊貴妃の死という決定的な破局を迎える。安禄山の軍勢が都長安に迫り、玄宗はわずかな手勢を引き連れて都を落ちてゆく。しかし、都を出て百餘里、馬嵬駅で兵士たちは動かなくなってしまった。このたびの天下の大乱は宰相楊国忠の失政が原因で起こったこと、楊国忠を宰相に取り立てたのは玄宗であり、玄宗が楊国忠を抜擢したのは楊貴妃を溺愛したためであること、つまりは楊貴妃の存在そのものがこの大乱の遠因であったこと――。六軍の兵士たちはこのように主張したのであった。

宋・楽史撰『楊太真外伝』には、次のようにいう。兵士たちが楊国忠の処刑を求めたおり、たまたま吐蕃の使者が楊国忠に話しかけたため、兵士たちは、楊国忠が吐蕃と結んで叛を謀ったとしてこれを殺した。そしてさらに駅舎を囲み、貴妃を殺すように要求した。ついに玄宗も、貴妃に死を賜わる決意をする。帝の命を受けた宦官の高力士が、駅舎の仏堂の前にある梨の木の下で貴妃を縊殺すると、兵士たちはその死を確認して、やっと囲みを解いた、と。ここに描かれたような兵士たちの行動は、当時の人々が国政を乱した大本は楊貴妃にあると考えていたことを示すのかもしれない。「長恨歌伝」にもいう、「当時、敢へて言ふ者有り、『請ふ、貴妃を以て天下の怒りを塞《ふさ》がん』と」と。

楊貴妃の直接の死因は、「長恨歌伝」や『楊太真外伝』では縊殺とされている。しかし、詩においてはそれが具体的に述べられてはいない。「花鈿　地に委ねて　人の収むる無し、翠翹　金雀　玉搔頭」。——土の上に散らばった華やかな装身具を描写するだけで、死の無惨さは十分に印象づけられる。

彼女の死が華やかで無惨なものであったことは、生前の楊貴妃についても死後の楊貴妃についても、さまざまな想像力をかき立てる。東海の仙山に美しく眠っていたという彼女の夢魂との再会、その劇的な描写は次の第三段に詳しい。

以下、この段は、楊貴妃を喪った玄宗の悲しみを描くことが主になっている。成都における玄宗の傷心のさま、また長安に還御してからの悲嘆の情の描写は実に美しく、情感豊かな表現が多用されている。

まず有名な句に着目すると、

「行宮に月を見れば 傷心の色、夜雨に鈴を聞けば 腸断の声」（恋）

「春風桃李 花開くの夜、秋雨梧桐 葉落つるの時」（恋）

「夕殿蛍飛んで 思ひ悄然、孤灯挑げ尽くして未だ眠りを成さず」（恋）

「遅遅たる鐘鼓 初めて長き夜、耿耿たる星河 曙けんと欲するの天」（秋夜）

など、『和漢朗詠集』にも収められる名文句がこの段に集中している。特に「春風桃李 花開くの夜、秋雨梧桐　葉落つるの時」の対句は、一見さりげない表現だが、玄宗の哀傷の深さを言外に感じさせて見事である。

また、還御の途中、馬嵬における失意の描写、「馬に信せて帰る」は、楊貴妃を喪った悲しみを改めてかみしめ、虚脱したような玄宗の心情が巧みに描かれている。「遅遅たる鐘鼓　初めて長き夜」も同じ心境であるが、この句は楊貴妃を寵愛すること甚だしかったときの心境、「春宵短きに苦しんで　日高くして起く」に対応しているのが巧みなところである。

臨邛道士鴻都客
能以二精誠一致二魂魄一
爲レ感二君王展轉思一
遂教二方士殷勤覓一」
排レ空馭レ氣奔如レ電
昇レ天入レ地求レ之遍
上窮二碧落一下黄泉
兩處茫茫皆不レ見」
忽聞海上有二仙山一
山在二虚無縹緲間一」
樓閣玲瓏五雲起
其中綽約多二仙子一
中有二一人一字太眞
雪膚花貌參差是」

臨邛《りんきよう》の道士《だうし》　鴻都《こうと》の客《かく》
能く精誠を以て　魂魄を致す
君王展転《くんわうてんてん》の思ひに感ずるが為に
遂《つひ》に方士《ほうし》をして殷勤《いんぎん》に覓《もと》めしむ
空《くう》を排《はい》し気に馭《ぎよ》して　奔《はし》ること電《でん》の如く
天に昇り地に入りて　之を求むること遍《あまね》し
上《かみ》は碧落《へきらく》を窮《きは》め　下《しも》は黄泉《くわうせん》
両処《りやうしよ》　茫茫《ばうばう》として　皆見えず
忽《たちま》ち聞く　海上《かいじやう》に仙山有りと
山は虚無縹緲《きよむへうべう》の間《かん》に在り
楼閣　玲瓏《れいろう》として　五雲起こり
其《そ》の中《うち》　綽約《しやくやく》として　仙子《せんし》多《おほ》し
中に一人《いちにん》有り　字《あざな》は太真《たいしん》
雪膚《せつぷ》　花貌《くわばう》　参差《しんし》として是れなり

金闕西廂叩㆓玉扃㆒
轉教㆔小玉報㆓雙成㆒
聞道漢家天子使
九華帳裏夢中驚」
攬㆑衣推㆑枕起徘徊
珠箔銀屏邐迤開
雲鬢半偏新睡覺
花冠不㆑整下㆑堂來」
風吹㆓仙袂㆒飄颻擧
猶似㆓霓裳羽衣舞㆒
玉容寂寞涙闌干
梨花一枝春帶㆑雨」
含㆑情凝㆑睇謝㆓君王㆒
一別音容兩眇茫

金闕《きんけつ》の西廂《せいしやう》に玉扃《ぎよくけい》を叩き
転じて小玉《せうぎよく》をして双成《さうせい》に報《はう》ぜしむ
聞道《きくなら》く　漢家《かんか》天子の使ひなりと
九華《きうくわ》の帳裏《ちやうり》　夢中《むちゆう》に驚く
衣を攬《と》り　枕を推《お》して　起《た》ちて徘徊す
珠箔《しゆはく》　銀屏《ぎんぺい》　邐迤《りい》として開く
雲鬢《うんびん》半ば偏《かたよ》りて　新たに睡りより覚《さ》め
花冠《くわくわん》整へず　堂《だう》を下《くだ》りて来る
風は仙袂《せんぺい》を吹いて　飄颻《へうえう》として挙がり
猶《な》ほ霓裳羽衣《げいしやううい》の舞《まひ》に似たり
玉容《ぎよくよう》　寂寞《せきばく》　涙闌干《なみだらんかん》
梨花一枝《りくわいつし》　春　雨を帯ぶ
情《じやう》を含み　睇《ひとみ》を凝らして　君王に謝す
一別　音容　両《ふた》つながら眇茫《べうばう》

昭陽殿裏恩愛絶
蓬萊宮中日月長」
迴レ頭下望二人寰一處
不レ見二長安一見二塵霧一
唯將二舊物一表二深情一
鈿合金釵寄將去」
釵留二一股一合一扇
釵擘二黄金一合分レ鈿
但教三心似二金鈿堅一
天上人間會相見」
臨レ別殷勤重寄レ詞
詞中有レ誓兩心知
七月七日長生殿
夜半無レ人私語時

昭陽殿裏《せうやうでんり》　恩愛《をんあい》絶え
蓬萊《ほうらい》宮中　日月《じつげつ》長し
頭《かうべ》を迴《めぐ》らして　下《しも》　人寰《じんくわん》を望む処
長安《ちやうあん》を見ずして　塵霧《ぢんむ》を見る
唯旧物《きうぶつ》を将《もつ》て　深情《しんじやう》を表はし
鈿合《でんがふ》　金釵《きんさい》　寄《よ》せ将《も》ち去らしむ
釵は一股《いつこ》を留め　合は一扇《いつせん》
釵は黄金《わうごん》を擘《さ》き　合は鈿を分つ
但《ただ》心をして金鈿の堅きに似しむれば
天上《てんじやう》　人間《じんかん》　会《かなら》ず相見んと
別れに臨《のぞ》んで殷勤に重ねて詞《ことば》を寄《よ》す
詞中《しちゆう》に誓ひ有り　両心《りやうしん》のみ知る
七月七日《しちぐわつしちじつ》　長生殿《ちやうせいでん》
夜半　人無く　私語の時

在レ天願作二比翼鳥一　天に在りては願はくは比翼《ひよく》の鳥《とり》と作《な》り
在レ地願爲二連理枝一　地に在りては願はくは連理《れんり》の枝《えだ》と為《な》らんと
天長地久有レ時盡　天は長く　地は久しきも　時有りてか尽きん
此恨緜緜無二盡期一」　此の恨み　緜緜《めんめん》として　尽くる期《とき》無からん

（以上、第三段）

語釈

○臨邛　蜀の地名。現在の四川省邛崍《きょうらい》県。　○道士　道教の修行者をいうが、神仙の術を身につけ、不老不死の境に達しているとされた。　○鴻都客　「鴻」は「大」の意。「鴻都」で「大都・首都」の意になる。「客」は旅人。「鴻都客」で、都長安に旅人として寓居していた人、の意。長安の鴻都門という宮門のあたりに旅人として寓居していた人、と解し、漢代の鴻都門という名称を借りて用いたものとする説があるが、漢代に鴻都門があったのは、後漢の都洛陽のことで、この詩が全体に前漢の時代を借りているのと合わない。　○精誠　純粋なまごころ。ここではまごころをこめた精神力ということか。○感　玄宗の側近の者が、玄宗の思いに感動する。○展轉思　寝返りをうつばかりで眠れぬほどの思い。『詩経』周南「関雎《かんしょ》」に「輾転《てんてん》反側す」とある。○方士　方術の士。前の「道士」と同一人物と見ておく。一説に、「道士」の弟子の方士とする。○殷勤　懇ろに。○排空馭氣　大空を押しひらき、風に乗る。気は大気。○碧落　あおぞら。おおぞら。道教の用語。○黄泉　よみの国。地下にある死者の国。○茫茫　果てしなく広いさま。○忽聞　ふと聞きつける。○海上有仙山　海上に仙人の住む島がある。古来中国に伝えられている、東海の三山、蓬萊《ほうらい》・方丈・瀛洲《えいしゅう》を意識した表現であろう。○虚無縹緲間　何もなく、遠くぼんやりとしたあたり。「縹緲」は畳韻の語。○玲瓏　透明に光り輝くさま。双声の語。○五雲　五色（青・白・赤・黒・黄）の雲。○綽約　若々しくたおやかなさま。これも畳韻語。○太眞　楊貴妃が宮中に入ったとき、一旦、女道士になったが、女道士だったときの名が「太真」であった（『新唐書』玄宗紀、『旧唐書』楊貴妃伝、『楊太真外伝』）。ここでその名を用いたのは、仙女が楊貴妃の生まれ変わりであることを示したのであろう。那波本には「玉眞」に作るが馬元調本によって改める。○參差　よく似ているさま。本来は長短不揃いなさまをいう双声語。　○金闕　黄金の宮殿。美称。「闕」は本来は宮殿の門をいう。○西廂　西側の棟。「廂」は廂房。建物の正殿が南面しており、東西に副殿がある。それを廂房という。　○玉扃　玉で飾った扉。「扃」は本来はかんぬきの意。　○転　伝えて取り次ぐ。　○小玉・雙成　ともに伝説上の仙女の名。ここでは「太真」の侍女の名として用いた。　○聞道　聞くところによると。　○漢家　漢の王室。「家」は王室の意。これも、唐を漢と言い換えたもの。　○九華帳　いろいろな模様を刺繡した帳。「九」は数が多いこと、「華」は模様。　○夢中驚　夢見て眠っていた仙女が、はっと目覚める。　○徘徊　行ったり来たりする。　○珠箔　真珠のすだれ。「箔」は「簾」と同じ。　○銀屏　銀の屛風。　○邐迤　連なるさま。　○半偏　ややゆがんでいる。那波本には「半垂」に作るが馬元調本によって改める。　○仙袂　仙女の衣の袂。　○飄颻　ひらひらと風に吹かれるさま。畳韻語。　○寂寞　さびしげなさま。これも畳韻語。　○闌干　涙がはらはらと流れるさま。畳韻語。　那波本には「攔干」に作るが馬元調本によって改める。　○謝　使者を賜ったことに感謝の言葉を述べる。また、挨拶するとも解せる。　○音容　帝の御声と御姿。　○眇茫　はるかにかすかなさま。双声語。　○昭

陽殿　漢の成帝が趙飛燕ないしその妹を住まわせた宮殿の名。ここでは楊貴妃が住んでいた宮殿の意。○蓬萊宮　東海中の仙山、蓬萊山にある宮殿。神仙境であり、人間の世界ではない。○人寰　人の世。「寰」は領域、区域の意。○處　……すると。「処」は、場所を表す場合と時を表す場合がある。ここは時を表す用法。○將　「以、用」などと同義。○舊物　昔の思い出がこめられた品物。○鈿合　螺鈿の小箱。「合」は「盒」で、蓋のついた小箱。○金釵　金のかんざし。○寄將去　あずけて持って行かせる。「寄」は、託すこと。「將」は助字。○一股　かんざしの脚が二股になっている、その片方。○一扇　箱の蓋と身の一方。○擘　手で裂く。○人間　「じんかん」とよむ。人間世界。○會　かならず。きっと。○兩心　玄宗と楊貴妃の二人の心。○七月七日　牽牛と織女が一年に一度逢うという七夕の夜。○長生殿　驪山の離宮、華清宮にあった御殿の名。○比翼鳥　想像上の鳥の名。雌雄がそれぞれ一目一翼で、常に雌雄が一体になって飛ぶという。○連理枝　二本の木の枝が合して木目(理)が連なった木。上の「比翼鳥」とともに、深い愛情で結ばれた男女の喩え。○天長地久　天地は長久不変である。『老子』第七章に「天は長く地は久し」とある。○有

時盡　（長久不変の天地も）いつかは尽きる時があるだろう。○此恨　この癒しがたい深い悲しみ。○緜緜　長く続くさま。○盡　テキストによっては絶に作る。

通釈

おりしも、蜀の臨邛の道士で、長安に寄寓している者がおり、まごころをこめた精神力で死者の魂を招き還すことができるという。宮中の側近たちは、夜も眠れぬほどの帝の思いに感動し、この方士に命じて、ねんごろに貴妃の魂を尋ねさせることになった。

大空を押しひらき、風に乗っていなずまのように馳せまわり、天に上り地に入って、あまねく捜し求める。上は青空のはて、下は黄泉に及んでも、ただ茫々としてどちらにも見当たらない。

そのとき、ふと聞くところによると、東海中に仙人の住む島があり、縹緲たる虚無の間にある。山には五色の瑞雲が湧く中、楼閣が光り輝き、若くしとやかな仙女がおおぜいいる。その中に一人、字は太真という者、雪の膚に花のかんばせ、これこそ楊貴妃によく似ている、と。

黄金の御殿の西殿をおとずれて玉の扉を叩き、取り次ぎの侍女小玉にたのんで側仕えの双成に来意をことづけさせる。漢の天子の使いと聞いて、華やかな帳の中に夢見つつ眠っていた太真は、はっと目を覚ました。

衣を手に取り、枕を推しやり、心の静まらぬままあたりを行きつ戻りつする。真珠の簾、銀の屏風が次々に開かれ、太真が姿を現した。豊かな髪は半ばくずれて目覚めたばかりの様子。花の冠もまがったまま、広間をおりてくる。

風は袂をひらひらと吹き上げて、霓裳羽衣の舞のようだ。玉の如き美貌も寂しげに、涙があふれ、春、一枝の梨の花が雨に打たれているかのようである。

情をこめて見つめつつ、帝への感謝を申し上げる。「お別れして以来、お声もお姿も、ともに遠いものとなってしまいました。昔の昭陽殿のおんいつくしみも絶え、ここ、蓬萊の仙宮に長い月日を過ごしました。」

ふりかえって、下界、人間世界を眺めやると、懐かしい長安は見えず、塵や霧が見えるばかり。今はただ、思い出の品によって深い心を表そうと、螺鈿の小箱と黄金のかんざしを使いに託して持って行かせる。

かんざしは二本の脚の一方を残し、小箱は蓋と身の一方を手元にとどめる。かんざしは黄金の脚を裂き、小箱は蓋と身を別々にする。ただ、二人の心を黄金や螺鈿の如く堅くしておきさえすれば、よし、天上と人の世に別れても、必ずや会えるであろうから。

使者との別れに臨み、重ねてねんごろに詞を託した。その詞には二人だけが知っている誓いが含まれている。それは、七月七日、七夕の長生殿でのこと、夜半、人気もなく、ひそやかに囁きかわしたときのことであった。「大空にあっては比翼の鳥、地上にあっては連理の枝となろう」と誓いあったのだ。天地はとこしえに続くとはいうものの、いつかは滅びることもあろう。しかし、この恋の思いは、いついつまでも続いて尽きる時はないであろう。

余説

玄宗と楊貴妃の愛は、楊貴妃の死によってこの世では破れた。しかし玄宗の心は変わらない。その玄宗の心を代弁するかのように、詩は空想の世界に飛躍して、東海の仙山に楊貴妃を再現させる。

まず道士が登場し、天地の間を馳せまわって楊貴妃を捜すが、見つからない。ついで海上の仙山を探り当てる。そこの仙女が楊貴妃に似ているという。このあたりの描写はなかなかダイナミックで、スケールが大きい。なお、この仙女の字が「太真」なのは、楊貴妃の生まれ変わりであることを示しているのであろう。

道士の訪問を聞いて太真が立ち現れるまでの描写も、絵巻物を見るようで、なまめかしくも美しい。「梨花　一枝　春　雨を帯ぶ」の句が特に印象的である。

そしてこの段の中心、また「長恨歌」の中心は、七夕の夜の二人の愛の誓いである。陳鴻「長恨歌伝」によれば、天宝十載（七五一）、楊貴妃は玄宗に侍して驪山の華清宮に暑さを避けた。その七月七日、牽牛と織女が年に一度だけあうという夜のこと、「夜半ばに殆《ちか》く、侍衛を東西の廂に休ましめ、（貴妃）独り上《しやう》に侍《じ》す。上、肩に凭《よ》りて立ち、因つて天を仰いで牛女の事に感じ、密《ひそ》かに心に相誓ふに、願はくは世世夫婦と為らん、と。言ひ畢《をは》り、手を執りて各々嗚咽す」とある。白居易はその誓いを、平明ながら美しい対句で表現して見せた。「天に在りては願はくは比翼の鳥と作り、地に在りては願はくは連理の枝と為らん」。

「天」と「地」、「比翼の鳥」と「連理の枝」という平易な対偶を用い、しかも男女の愛情の強さを十分に連想させる表現になっている。

だが、楊貴妃の死によって、二人の愛の誓いは現世では実現できなくなった。その癒しがたい恋の恨み・おもいは永遠に尽きることがない。――末尾二句は作者の慨嘆であり、「長恨歌」という題意を説き明かした句でもある。この長篇全体のテーマを示した、全篇の結びにふさわしい名句ということができる。

ただ、この結びは、史実からは離れたものであることに注意しておきたい。この七月七日の誓いは、フィクションと考えられるのである。両『唐書』「玄宗紀」や『資治通鑑』の記事によれば、玄宗が華清宮に幸したのは避寒のためであって、七月七日（秋）に幸したことはない。「長恨歌」も「長恨歌伝」も、物語としての造形がなされているのである。だが、それこそこの美しい長篇物語詩の結びに相応しい造形であった。

この詩は七言一二〇句、八四〇字の長篇であるが、単調さや煩雑さは感ぜられず、読んで面白い、名作の名に恥じない作品になっている。

その原因の一つは、この詩の題材の魅力であろう。安史の乱を背景にした、玄宗と楊貴妃の愛とその破局――。読者の関心を引く魅力を十分に備えた題材である。だから後世にもこの話を素材とする作品が、多数作られているのであろう。

しかし、後世の作品についてみると、玄宗と楊貴妃の悲劇が文学上の題材として有名になっていったのは、その素材の魅力のみによるのではなく、むしろ「長恨歌」というすぐれた作品の影響力によるところが大きいのではないかと思われるのである。例えば玄宗と楊貴妃の悲劇に題材をとった後世の演劇作品を見ても、元・白仁甫《はくじんほ》の「梧《ご》桐《とう》雨《う》雑劇《ざつげき》」、清・洪昉思《こうほうし》の「長生殿伝奇」は傑作と称されるが、その構成や表現には、「長恨歌」を下敷きにしていると考えられる箇所が多いのである。いわば「長恨歌」あっての傑作ということになる。

すると、もとになった「長恨歌」のよさについても、題材の面白さを挙げるだけでは十分ではない。むしろ作者白居易の詩人としての才能や技量を挙げねばなるまい。

そのへんについて、具体的にすぐれた点を考えてみよう。

① 第一段＝歓楽――第二段＝愛の崩壊と失意――第三段＝招魂と愛の誓いの再現――という、大局的な構成の妙

② ストーリーの展開にあわせて細かに韻の踏み方を換えている、換韻の効果

③ 要所要所にちりばめられた、平明な、美しい対句

などを指摘することができる。

このような題材の魅力と作者の技量のバランスの良さ（特に構成の巧みさ、辞句の美しさ）が、必ずしも格調が高いとはいえぬこの詩を、時代と国を超えて著名作品たらしめてきたのではなかろうか。

最後にこの詩のテーマについて。「長恨歌」のテーマに関しては、古来、盛んに議論がなされてきた。その問題点は、端的に言って、この詩を政治諷刺・社会諷刺の詩と見るか否か、ということに尽きるだろう。

この詩を玄宗と楊貴妃の愛情をうたいあげた物語詩と見るか、玄宗が楊貴妃への愛に溺れ、政治を誤ったことを諷刺した詩と見るかは、結局は読者の判断にゆだねられるのだが、その考え方について、よりどころを挙げておこう。

諷刺だとする考え方は、「長恨歌伝」の記述にもとづくと考えられる。「長恨歌伝」によれば、白居易が友人の王質夫、陳鴻の二人と仙遊寺に遊び、玄宗と楊貴妃のことに話が及び、そのことに感じた白居易が王質夫のすすめで「長恨歌」を作り、陳鴻は「長恨歌伝」を作った。その動機は「意者《おもふ》に但《ただ》に其の事に感ずるのみならず、亦た尤物《いうぶつ》（傾国の美女）を懲《こ》らし、乱階《らんかい》（騒乱の端緒）を窒《ふさ》ぎ、将来に垂《しめ》さんと欲するなり」というところにある、とする。これによれば、確かにこの詩は美女に溺れて政治を誤ったことを諷刺した作品ということになろう。

しかし、これは陳鴻の「長恨歌伝」の記述であって、そのまま白居易の「長恨歌」の制作動機を説明しているわけではない。また、実は白居易自身の考えは、そうではなかったことがわかるのである。

第一に、『白氏文集』において、「長恨歌」は「諷諭詩」ではなく、「感傷詩」に分類されている。第二に、白居易は「長恨歌」を、「彫虫《ちょうちゅう》の戯れにして多と為すに足らず」「今、僕の詩、人の愛する所の者、悉く雑律詩と長恨歌已下に過ぎざるのみ。時の重んずる所は僕の軽んずる所なり」（「元九に与ふる書」）と批判的に評している。しかもこの評は、作者自身が諷諭詩を重視するのとの対比でいわれているのである。白居易は「長恨歌」を政治諷刺の詩とは考えていなかったことが明らかである。

詩中に玄宗に対して批判的ととれる表現が所々に見られるのは事実であるが、それを作者の意図以上に重視するのはよろしくない。また、「長恨歌」という詩題が、歌行体の詩につけられる題であることから、例えば杜甫「兵車行」などの作品がそうであったように、この詩にも諷諭の意図があると考えられる要素があったかもしれない。しかしやはり作者の考えを重視すべきであろう。

この詩は玄宗と楊貴妃の愛情をうたった物語詩であり、それを端的に表しているのが、「天は長く地は久しきも時有りてか尽きん、此の恨み緜緜として尽くる期無からん」の二句であると考えておきたい。

# 押韻一覧

1 」は、韻の変わり目（換韻箇所）を示す。

2 」の下に示したのが、今日、一般に用いられている韻目（平水韻）。（　）内に示したのが、唐代に用いられていた韻目。『広韻』の韻目で示した。

3 『広韻』の韻目は、平水韻に比べて遥かに細かく分類され、平水韻の一〇六韻に対して二〇六韻に分かれていた。そこで実際に詩を作る時には、隣接した韻目同士で押韻できるものがあった。これを同用という。

4 古体詩では、同用の範囲を超えて緩やかに韻を踏むことが認められていた。それを「通押」と呼ぶ。

國・得（入声・二五徳）、識《しょく》・側《しょく》・色（入声・二四職）。同用。」入声・職韻。

池（上平声・五支）、脂（上平声・六脂）、時《し》（上平声・七之）。同用。」上平声・支韻。

搖・宵・朝（下平声・四宵）。」下平声・蕭韻。

暇・夜《や》（去声・四〇禡《ま》）。」去声・禡韻。

人・身（上平声・一七眞）、春（下平声・一八諄）。同用。」上平声・眞韻。

土・戸（上声・一〇姥）、女（上声・八語《ぎょ》）。通押。」上声・麌《ぐ》韻・語韻、通押。

雲・聞（上平声・二〇文）。」上平声・文韻。

竹（入声・一屋）、足・曲（入声・三燭）。通押。」入声・屋韻・沃韻、通押。

生・行（下平声・一二庚）。」下平声・庚韻。

止・里（上声・六止）、死（上声・五旨）。同用。」上声・紙韻。

收（下平声・一八尤）、頭（下平声・一九侯）、流（下平声・一八尤）。同用。」下平声・尤韻。

索・閣・薄（入声・一九鐸）。」入声・薬韻。

青（下平声・一五青）、情《せい》・聲（下平声・一四清）。通押。」下平声・青韻・庚韻、通押。

馭・去・處（去声・九御）。」去声・御韻。

衣・歸（上平声・八微）。」上平声・微韻。

舊（去声・四九宥）、柳（上声・四四有）。

『広韻』や『集韻』など、唐代の音韻体系によっている韻書では、「舊」は去声、「柳」は上声に分類され、押韻できないのだが、特別なケースとして上声有韻で押韻していると見なす。南宋の毛晃らの『増修互註礼部韻略』には「舊」を上声・宥韻に収め、「柳」と同じ韻目に属していて、押韻できるとしている。白楽天もそのように考えて「舊」と「柳」で韻を踏んだのであろう。

眉（上平声・六脂）、垂（上平声・五支）、時（上平声・七之）。同用。」上平声・支韻。

草・掃・老（上声・三二皓）。」上声・皓韻。

然（下平声・二仙）、眠《めん》・天（下平声・一先）。同用。」下平声・先韻。

重《ちょう》・共（去声・三用）、夢《ぼう》（去声・一送）。通押。」去声・宋韻・送韻、通押。

客・魄（入声・二〇陌）、覓《べき》（入声・二三錫）。通押。」入声・陌韻・錫韻、通押。

霰《せん》（去声・三二霰）、遍（去声・三三線）、見（去声・三二霰）。同用。」去声・霰韻。

山・閒（上平声・二八山）。」上平声・刪韻。

起・子（上声・六止）、是《し》（上声・四紙）。同用。」上声・紙韻。

扃《けい》（下平声・一五青）、成（下平声・一四清）、驚《けい》（下平声・一二庚）。通押。」下平声・青韻・庚韻、通押。

徊（上平声・一五灰）、開・來（上平声・一六咍《かい》）。同用。」上平声・灰韻。

擧（上声・八語）、舞・雨（上声・九麌）。通押。」上声・語韻・麌韻、通押。

王（下平声・一〇陽）、茫（下平声・一一唐）、長（下平声・一〇陽）。同用。」下平声・陽韻。

處（去声・九御《ぎょ》）、霧《ぶ》（去声・一〇遇）、去（去声・九御）。通押。」去声・御韻・遇韻、通押。

扇（去声・三三線）、鈿・見（去声・三二霰）。同用。」去声・霰韻。

詞（上平声・七之）、知（上平声・五支）、時（上平声・七之）、枝（上平声・五支）、期（上平声・七之）。同用。」上平声・支韻。

## 補注

(1) 楊貴妃の出自、経歴など。

◇生年　開元七年(七一九)、幼名は玉環。

・父玄琰《えん》、蜀州司戸。妃早孤、養於叔父河南府士曹玄璬《けう》。(『旧唐書』巻五一后妃伝上、楊貴妃伝。〔中華書局排印本、七—二一七八〕)

・楊貴妃小字玉環、弘農華陰人也。後徙居蒲州永楽之独頭村。(宋・楽史『楊太真外伝』李剣国輯校『宋代伝奇集』中華書局　二〇〇一年)

※普通、楊貴妃の出自は右の記述によるが、詳しいことはよく分からない。父玄琰の遠祖をたどれば、後漢の楊震にさかのぼることができる(『新唐書』巻七一下「宰相世系表」〔中華書局排印本、八—二三六〇〕)。楊震は弘農華陰の人とされる。楊貴妃が弘農華陰の人といわれているのはそのためであろうか。

生年は天宝十五載(七五六)六月十四日または十五日歿、享年三十八という資料(後出)から逆算したものである。

◇寿王の妃となる

・幼孤、養叔父家。始為寿王妃。(『新唐書』巻七六后妃伝上、楊貴妃伝。〔中華書局排印本、十一—三四九三〕)

※寿王の妃に冊立されたのは、開元二十三年（七三五）十二月二十四日。

・維開元二十三年歳次乙亥十二月壬子朔二十四日乙亥、皇帝若曰、云々。（「冊寿王楊妃文」『全唐文』巻三八）

・開元二十二年（七三四）十一月、帰於寿邸。（『楊太真外伝』）

※年月に違いがあるが、『全唐文』に従う。

◇玄宗に召されるまでの経緯

玄宗の寵愛がめでたかった、武恵妃が亡くなる。開元二十五年（七三七）十二月七日のことであった。

〈武恵妃の薨去〉

・開元二十五年（七三七）十二月、丙午（七日）、恵妃武氏薨、追謚為貞順皇后、葬於敬陵。（『旧唐書』巻九玄宗紀下。〔中華書局排印本、一―二〇九〕）

・開元二十五年（七三七）十二月、丙午（七日）、恵妃武氏薨。丁巳（十八日）、追冊為皇后。（『新唐書』巻五玄宗紀。〔中華書局排印本、一―一四〇〕）

・恵妃以開元二十五年（七三七）十二月薨、年四十餘。下制曰、「（略）可贈貞順皇后、宜令所司択日冊命」。葬於敬陵。（『旧唐書』巻五一后妃伝上、武恵妃伝。〔中華書局排印本、七―二一七八〕）

・会妃薨、年四十餘、贈皇后及謚、葬敬陵。（日付、謚号なし）〔『新唐書』巻七六后妃伝上、武恵妃伝。〔中華書局排印本、十一―三四九二〕〕
・開元二十五年（七三七）十二月、丙午（七日）、恵妃武氏薨、贈謚貞順皇后。（『資治通鑑』巻二一四。〔中華書局排印本、三―六八三一〕）
　ただし「楊貴妃伝」では、武恵妃の薨去を開元二十四年としている。
・（開元）二十四年（七三六）、恵妃薨、帝悼惜久之、後庭数千、無可意者。（『旧唐書』巻五一后妃伝上。〔中華書局排印本、七―二一七八〕）
・開元二十四年（七三六）、武恵妃薨、後廷無当帝意者。（『新唐書』巻七六　后妃伝上。〔中華書局排印本、十一―三四九三〕）
　また、『楊太真外伝』では、開元二十一年（七三三）十一月のこととしている。
・二十一年十一月、恵妃即世。後庭雖有良家子、無悦上目者、上心凄然。至是得貴妃、又寵甚於恵妃。
　ともに武恵妃が亡くなった後、玄宗の意にかなう女性がいなかったこと、そんなおりに楊貴妃を見出したことを述べるのが面白い。

〈楊玉環の出家（女道士となる）〉
・開元二十八年（七四〇）十月甲子（十一日）、幸温泉宮。以寿王妃楊氏為道士、号太

真。〔『新唐書』巻五玄宗紀。〔中華書局排印本、一―一四一〕〕
・〔開元〕二十八年（七四〇）十月、玄宗幸温泉宮、使高力士取楊氏女於寿邸、度為女道士、号太真、住内太真宮。〔『楊太真外伝』〕
『旧唐書』巻九玄宗紀下、『資治通鑑』巻二一四には、温泉への御幸は記すが、楊貴妃のことについては記事がない。

また両『唐書』楊貴妃伝には、女道士になった年月日は記載がない。

『全唐文』巻三五に「度寿王妃為女道士勅」があるが、日付はない。
※この年、玄宗五十六歳、楊貴妃二十二歳。
◇貴妃に冊立される　日付は資料によって相違がある
・天宝四載（七四五）、秋八月甲辰（十九日）、冊太真妃楊氏為貴妃。〔『旧唐書』巻九玄宗紀下。〔中華書局排印本、一―二一九〕〕
・天宝四載（七四五）、八月壬寅（十七日）、立太真為貴妃。〔『新唐書』巻五玄宗紀。〔中華書局排印本、一―一四五〕〕
・天宝四載（七四五）、八月壬寅（十七日）、冊楊太真為貴妃。〔『資治通鑑』巻二一五。〔中華書局排印本、三―六八六六〕〕
・〔天宝四載〔七四五〕七月〕是月、於鳳凰園冊太真宮女道士楊氏為貴妃、半后服用。

（『楊太真外伝』）

両『唐書』楊貴妃伝には明確な年月日は記さない。

・天宝初、進冊貴妃。（『旧唐書』巻五一楊貴妃伝。〔中華書局排印本、七―二一七八〕・『新唐書』巻七六楊貴妃伝。〔中華書局排印本、十一―三四九三〕。同文）

◇寿王の妃に韋昭訓の女を冊立する

・天宝四載（七四五）、秋七月壬午（二十六日）、冊韋昭訓女為寿王妃。（『資治通鑑』巻二一五。〔中華書局排印本、三―六八六六〕）

・維天宝四載歳次乙酉丁卯朔二十六日壬辰、皇帝若曰、云々。（「冊寿王韋妃文」『全唐文』巻三八）

※天宝四載乙酉の年の七月は、朔は丁巳、二十六日は壬午に当たる。『資治通鑑』の干支が正しい。この年七月の丁卯は十一日、壬辰はなく、八月七日が壬辰に当たる。

・天宝四載（七四五）、七月、冊左衛中郎将韋昭訓女配寿邸。（『楊太真外伝』）

・更為寿王聘韋詔《ママ》訓女、而太真得幸。（『新唐書』巻七六楊貴妃伝。〔中華書局排印本、十一―三四三九〕）（日付、なし）

両『唐書』玄宗紀、『旧唐書』楊貴妃伝には、これに関する記事はない。

（2）温泉宮・華清宮という名称

・天宝六載（七四七）冬十月戊申（六日）、幸温泉宮、改為華清宮。（『旧唐書』巻九玄宗紀下。〔中華書局排印本、一―二二一〕）

『新唐書』玄宗紀にはこの改称に関する記事はない。

・（天宝）六載（七四七）、更温泉曰華清宮。（『新唐書』巻三七「地理志」一、京兆府照応県の条。中華書局排印本、四―九六二）

（3）

◇姉たちへの賜号

天宝七載（七四八）、楊貴妃の三人の姉に国夫人の称号を賜る。また『楊太真外伝』によれば、楊貴妃の再従兄（従祖兄ともいう。従祖兄とは、祖父同士が兄弟に当たる、自分より年上の男子。またいとこ。再従兄と同じ）楊釗《せう》が国忠と名を賜ったのもこの年のことだという。

・（天宝七載〔七四八〕）冬十月庚午、幸華清宮、封貴妃姉二人為韓国・虢国夫人。（『旧唐書』巻九玄宗紀下。〔中華書局排印本、一―二二二〕）

※天宝七載十月には庚午の日はない。姉も二人としており、不十分な記事のように感ぜられる。『新唐書』巻五玄宗紀〔中華書局排印本、一―一四六〕には、「庚戌

（十三日）、幸華清宮」とあるのみで、姉を国夫人に封じた等の記事はない。

・（天宝七載）十一月癸未（十七日）、以貴妃姉適崔氏者為韓国夫人、適裴氏者為虢国夫人、適柳氏者為秦国夫人。三人皆有才色、上呼之為姨、出入宮掖、並承恩沢、勢傾天下。（『資治通鑑』巻二一六。〔中華書局排印本、三―六八九一〕）

・（天宝）七載、加釗御史大夫・権京兆尹、賜名国忠。封大姨為韓国夫人、三姨為虢国夫人、八姨為秦国夫人。同日拝命、皆月給銭十万、為脂粉之資。然虢国不施粧粉、自衒美艶、常素面朝天。（『楊太真外伝』）

◇楊国忠宰相となる

・（天宝十一載〔七五二〕十一月）乙卯（十二日）、尚書左僕射兼右相、晋国公李林甫薨於行在所。庚申（十七日）、御史大夫兼蜀郡長史楊国忠為右相兼文部尚書。（『旧唐書』巻九玄宗紀下。〔中華書局排印本、一―二二六〕）

・（天宝十一載）十一月乙卯（十二日）、李林甫薨。庚申（十七日）、楊国忠為右相。（『新唐書』巻五玄宗紀。〔中華書局排印本、一―一四九〕）

（4）

◇安禄山叛す

日付は資料によって違いがある。

・（天宝十四載〔七五五〕）十一月丙寅（十一日）、范陽節度使安禄山率蕃漢之兵十餘万、自幽州南向詣闕、以誅楊国忠為名、先殺太原尹楊光翽《くわい》於博陵郡。（『旧唐書』巻九玄宗紀下。〔中華書局排印本、一―二三〇〕）

・（天宝十四載十一月）安禄山叛、陥河北諸郡。范陽将何千年殺河東節度使楊光翽。（『新唐書』巻五玄宗紀。〔中華書局排印本、一―一五〇〕）（日付なし）

・十一月、甲子（九日）、禄山発所部兵及同羅、奚、契丹、室韋凡十五万衆、号二十万、反於范陽。（『資治通鑑』巻二一七。〔中華書局排印本、三―六九三四〕）

◇洛陽陥落

・（天宝十四載〔七五五〕）十二月丁酉（十二日）、禄山陥東京。（『旧唐書』巻九玄宗紀下。〔中華書局排印本、一―二三〇〕）

・（天宝十四載十二月）丁酉（十二日）、（安禄山）陥東京。（『新唐書』巻五玄宗紀。〔中華書局排印本、一―一五一〕）

◇安禄山、洛陽に即位、大燕皇帝と称す

・天宝十五載（七五六）正月乙卯（一日）、御宣政殿受朝。其日、禄山僭号於東京。（『旧唐書』巻九玄宗紀下。〔中華書局排印本、一―二三一〕）

・（天宝十五載）春、正月、乙卯朔、禄山自称大燕皇帝、改元聖武。（『資治通鑑』巻二一

七。（中華書局排印本、三—六九五一）

『新唐書』玄宗紀にはこれに関する記事はない。

◇潼関破らる

・（天宝十五載（七五六））六月）辛卯（九日）、哥舒翰至潼関、為其帳下火抜帰仁以左右数十騎執之降賊、関門不守、京師大駭。（『旧唐書』巻九玄宗紀下。（中華書局排印本、一—二三二）

・（天宝十五載六月）辛卯（九日）、蕃将火抜帰仁執哥舒翰叛、降于安禄山、遂陥潼関、上洛郡。（『新唐書』巻五玄宗紀。（中華書局排印本、一—一五二）

・（至徳元載（七五六）六月）辛卯（九日）（略）（哥舒）翰至関西駅、掲牓収散卒、欲復守潼関。蕃将火抜帰仁等以百餘騎囲駅、入謂翰曰、「賊至矣、請公上馬。」翰上馬出駅、帰仁帥衆叩頭曰、「公以二十万衆一戦棄之、何面目復見天子。且公不見高仙芝、封常青乎。請公東行。」翰不可、欲下馬。帰仁以毛縶其足於馬腹、及諸将不従者、皆執之以東。会賊将田乾真已至、遂降之、倶送洛陽。（『資治通鑑』巻二一八。（中華書局排印本、二一—六九六九）

※至徳と改元されるのは、この年七月、粛宗が即位してから。『通鑑』の記年は正月にさかのぼって表記している。

（5）

◇霓裳羽衣曲の由来

・河西節度使楊敬忠戯霓裳羽衣曲十二遍、凡曲終必遽、唯霓裳羽衣曲将畢、引声益緩。

（『新唐書』巻二二礼楽志十二。中華書局排印本、二―四七六）

・唳鶴曲終長引声。（注：凡曲将畢、皆声拍促速、唯霓裳之末、長引一声也。）（白居易「霓裳羽衣歌」『白氏文集』〔南宋紹興本〕巻二一）

他の伝承、エピソードも挙げておく。

・『唐逸史』曰、羅公遠多秘術、嘗与玄宗至月宮。初以拄杖向空擲之、化為大橋。自橋行十餘里、精光奪目、寒気侵人。至一大城、公遠曰、「此月宮也」。仙女数百、皆素練霓衣、舞于広庭。問其曲、曰「霓裳羽衣」。帝暁音律、因黙記其音調而還。回顧橋梁、随歩而没。明日、召楽工、依其音調、作「霓裳羽衣曲」。

・一説曰、開元二十九年（七四一）中秋夜、帝与術士葉法善遊月宮、聴諸仙奏曲。後数日、東西両川馳騎奏、其夕有天楽自西南来、過東北去。帝曰、「偶遊月宮聴仙曲、遂以玉笛接之、非天楽也」。曲名「霓裳羽衣」。後伝於楽部。

・『楽苑』曰、「霓裳羽衣曲」、開元中、西涼府節度楊敬述進。鄭愚曰、「玄宗至月宮、聞仙楽、及帰、但記其半。会敬述進「婆羅門曲」、声調相符、遂以月中所聞為散序、敬述所進為曲、而名「霓裳羽衣」也。
※以上の伝承三条は、郭茂倩『楽府詩集』巻五六、舞曲歌辞　雑舞、唐、王建「霓裳辞十首」の題下注に見ゆ。

（6）
◇玄宗蒙塵
・（天宝十五載〔七五六〕六月）乙未（十三日）、凌晨、自延秋門出、微雨霑湿、扈従惟宰相楊国忠・韋見素、内侍高力士及太子・親王、妃主・皇孫已下多従之不及。（『旧唐書』巻九玄宗紀下。〔中華書局排印本、一—二三二〕）
・（天宝十五載〔七五六〕六月）甲午（十二日）、詔親征。（中略）丙申、（十四日）行在望賢宮。（『新唐書』巻五玄宗紀。中華書局排印本、一—一五二）
※『新唐書』玄宗紀には、出発の日付は明記しない。十四日に「望賢宮に在り」とするから、十三日と見てよいか。望賢宮は、長安の西四十里、咸陽県にあった。（『資治通鑑』巻二一八注）
・乙未（十三日）、黎明、上独与貴妃姉妹・皇子・妃・主・皇孫・楊国忠・韋見素・魏方進・陳玄礼及親近宦官・宮人出延秋門。妃・主・皇孫之在外者、皆委之而去。（『資治通鑑』巻二一八。〔中華書局排印本、三—六九七一〕）

（7）

◇楊貴妃の死

日付は六月十四日とする資料と十五日とする資料がある。

・（天宝十五載（七五六）六月）丙辰次《ママ》馬嵬駅、諸衛頓軍不進。竜武大将軍陳玄礼奏曰、「逆胡指闕、以誅国忠為名。然中外群情、不無嫌怨。今国歩艱阻、乗輿震蕩、陛下宜徇羣情、為社稷大計、国忠之徒、可置之于法。」会吐蕃使二十一人遮国忠告訴於駅門。衆呼曰、「楊国忠連蕃人謀逆。」兵士囲駅四合、及誅楊国忠魏方進一族、兵猶未解。上令高力士詰之、迴奏曰、「諸将既誅国忠、以貴妃在宮、人情恐懼。」上即命力士賜貴妃自尽。玄礼等見上請罪、命釈之。（『旧唐書』巻九玄宗紀下。〔中華書局排印本、一―二三二〕）

※天宝十五載六月には丙辰に当たる日はない。蓋し丙申＝十四日の譌。

・（天宝十五載（七五六）六月）丙申（十四日）、至馬嵬駅。（略）上乃命力士引貴妃於仏堂、縊殺之。（『資治通鑑』巻二一八。〔中華書局排印本、三―六九七四〕）

・（天宝十五載（七五六）六月）丙申（十四日）、行在望賢宮。丁酉（十五日）次馬嵬。（略）賜貴妃楊氏死。（『新唐書』巻五玄宗紀。〔中華書局排印本、一―一五二〕）

・（天宝十五載（七五六）六月）丁酉（十五日）、至馬嵬頓、六軍不進、請誅楊氏。於是誅国忠、賜貴妃自尽。（『旧唐書』巻一〇粛宗紀。〔中華書局排印本、一―二四〇〕）

※『新唐書』巻六粛宗紀にはこの件に関する記事はない。

両『唐書』楊貴妃伝には死の年月日は記さない。享年を記す。

・帝不獲已、与妃訣、遂縊死於仏室。時年三十八。瘞於駅西道側。(『旧唐書』巻五一楊貴妃伝。〔中華書局排印本、七―二一八〇〕)

・帝不得已、与妃訣、引而去、縊路祠下、裹尸以紫茵、瘞道側。年三十八。(『新唐書』巻七六楊貴妃伝。〔中華書局排印本、十一―三四九五〕)

『楊太真外伝』には「十五載六月」とあるのみで、日付はない。

・至馬嵬。(略)力士遂縊於仏堂前之梨樹下。(略)妃時年三十八。

※なお、楊国忠が殺されたとき、息子暄、韓国夫人、秦国夫人も殺された。国忠の妻裴柔、その幼子晞、虢国夫人とその子裴徽は逃れたが、陳倉県(現陝西省宝鶏市)で捕らえられ、誅された。(『資治通鑑』巻二一八より摘記)

(8)

◇粛宗の即位

・(天宝十五載(七五六)七月)是月甲子(十二日)上即皇帝位於霊武。(『旧唐書』巻一〇粛宗紀。〔中華書局排印本、一―二四二〕)

・(天宝十五載(七五六)七月)甲子(十二日)即皇帝位于霊武、尊皇帝曰上皇天帝、

大赦、改元至徳。(『新唐書』巻六粛宗紀。〔中華書局排印本、一―一五六〕)

◇玄宗、蜀の成都に到着

・(天宝十五載〔七五六〕七月)庚辰(二十八日)、車駕至蜀郡。扈従官吏軍士到者一千三百人、宮女二十四人而已。(『旧唐書』巻九玄宗紀下。〔中華書局排印本、一―二三四〕)

※この日付は『新唐書』巻五玄宗紀〔中華書局排印本、一―一五三〕、『資治通鑑』巻二一八〔中華書局排印本、三―六九八七〕も同じなので、記事は略す。

◇玄宗の退位

日付は資料によって違いがある。

・(天宝十五載〔七五六〕八月)癸巳(十二日)、霊武使至、始知皇太子即位。丁酉(十六日)、上用霊武冊称上皇、詔称誥。(『旧唐書』巻九玄宗紀下。〔中華書局排印本、一―二三四〕)

・(天宝十五載〔七五六〕)八月癸巳(十二日)、上所奉表始達成都。丁酉(十六日)、上皇遜位称誥、遣左相韋見素・文部尚書房琯・門下侍郎崔渙等奉冊書赴霊武。(『旧唐書』巻一〇粛宗紀。〔中華書局排印本、一―二四三〕)

・(天宝十五載〔七五六〕八月)癸巳(十二日)、皇太子即皇帝位于霊武、以聞。庚子(十九日)、上皇天帝誥遣韋見素・房琯・崔渙奉皇帝冊于霊武。(『新唐書』巻五玄宗紀。〔中華書局排印本、一―一五三〕)

※『新唐書』巻六粛宗紀、天宝十五載八月の条には、玄宗への上聞、玄宗の退位に
関する記事はない。

(9)

◇安禄山殺さる

・(至徳二載〔七五七〕正月)乙卯(六日)、逆胡安禄山為其子慶緒所殺。(『旧唐書』巻一〇粛宗紀。〔中華書局排印本、一―二四五〕)

・(至徳二載〔七五七〕正月)乙卯(六日)、安慶緒弑其父禄山。(『新唐書』巻六粛宗紀。〔中華書局排印本、一―一五七〕)

『資治通鑑』巻二一九には日付はない。

(10)

◇両京回復

日付は資料によって違いがある

・(至徳二載〔七五七〕九月)癸卯(二十八日)、広平王(俶《しゅく》)収西京。(略)十月壬戌(十八日)、広平王入東京、陳兵天津橋南、士庶歓呼路側。(『旧唐書』巻一〇粛宗紀。〔中華書局排印本、一―二四七〕)

・(至徳二載〔七五七〕九月)癸卯(二十八日)、(広平郡王俶)復京師。(略)十月壬子

（八日）、（広平郡王俶）復東京。（安）慶緒奔于河北。（『新唐書』巻六粛宗紀。〔中華書局排印本、一―一五九〕）

・（至徳二載〔七五七〕九月）癸卯（二十八日）、大軍入西京。（『資治通鑑』巻二二〇。〔中華書局排印本、三―七〇三四〕）

・（十月）壬戌（十八日）、広平王俶入東京。（『資治通鑑』巻二二〇。〔中華書局排印本、三―七〇四一〕）

◇粛宗長安還御

・（至徳二載〔七五七〕十月）丁卯（二十三日）、（上）入長安。（『旧唐書』巻一〇粛宗紀。〔中華書局排印本、一―二四八〕）

・（至徳二載〔七五七〕十月）丁卯（二十三日）、至自霊武。（『新唐書』巻六粛宗紀。〔中華書局排印本、一―一五九〕）

『資治通鑑』巻二二〇も日付は同じなので、記事は略す。

◇玄宗長安還御

日付は資料によって違いがある

・明年（＝至徳二載〔七五七〕）九月、郭子儀収復両京。十月、（略）丁卯（二十三日）、上皇発蜀郡。十一月丙申（二十二日）、次鳳翔郡。（略）十二月丙午（三日）、粛宗具法駕至咸陽望賢駅迎奉。上皇御宮之南楼、粛宗拝楼下、嗚咽流涕不自勝、為上皇徒歩控轡、上皇撫背止之、即騎馬前導。丁未（四日）、至京師、文武百僚、京城士庶夾道歓呼、靡不流涕。即日御大明宮之含元殿、見百僚、上皇親自撫問、人人感咽。時太廟爲賊所焚、権移神主於大内長安殿、上皇謁請罪、遂幸興慶宮。（『旧唐書』巻九玄宗紀下。〔中華書局排印本、一―二三四〕）

・（至徳二載〔七五七〕）十月丁巳（十三日）、皇帝復京師、以聞。（略）十二月丁未（四日）、至自蜀郡、居于興慶宮。三載（七五八）、上号曰太上至道聖皇天帝。（『新唐書』巻五玄宗紀。〔中華書局排印本、一―一五三〕）（玄宗が成都を発った日付は見えない）

・（至徳二載〔七五七〕十月）丁卯（二十三日）、（粛宗）入長安。（略）是日、上皇発蜀郡。（『旧唐書』巻一〇粛宗紀。〔中華書局排印本、一―二四八〕）

・（至徳二載〔七五七〕）十二月丙午（三日）、上皇至自蜀、上至望賢宮駅奉迎。上皇御宮南楼、上望楼辟易、下馬趨進楼前、再拝踏舞称慶。上皇下楼、上匍匐捧上皇足、涕泗嗚咽、不能自勝。（略）百僚班於含元殿庭、上皇御殿、左相苗晋卿率百辟称賀、人人無不感咽。礼畢、上皇謁長楽殿九廟神主、即日幸興慶宮。（『旧唐書』巻一〇粛宗紀。〔中華書局排印本、一―二四九〕）

・（至徳二載〔七五七〕）十二月丙午（三日）、上皇天帝至自蜀郡。（『新唐書』巻六粛宗紀。

〔中華書局排印本、一―一五九〕）

（11）

◇玄宗、西内に居を移される

・乾元三年（七六〇）七月（ママ。乾元三年閏四月己卯〔九日〕に上元と改元）丁未（十九日）、移幸西内之甘露殿。時閹官李輔国離間粛宗、故移居西内。高力士・陳玄礼等遷謫、上皇寝不自懌。（『旧唐書』巻九玄宗紀下。〔中華書局排印本、一―二三五〕）

・（上元元年〔七六〇〕七月）丁未（十九日）、上皇自興慶宮移居西内。丙辰（二十八日）、開府高力士配流巫州、（略）左竜武大将軍陳玄礼致仕。（『旧唐書』巻一〇粛宗紀。〔中華書局排印本、一―二五九〕）

・上元元年（七六〇）、徙居于西内甘露殿。（『新唐書』巻五玄宗紀。〔中華書局排印本、一―一五四〕）

・上元元年（七六〇）七月丁未（十九日）、聖皇天帝遷于西内。（『新唐書』巻六粛宗紀。〔中華書局排印本、一―一六三〕）

『新唐書』玄宗紀・粛宗紀には高力士等のことは記事がない。

（12）その後

◇玄宗崩御

西暦で表記すれば、七六二年四月五日に崩御。唐の年号と月日ではややわかりにくいが、左に示す。

・上元二年（七六一）四月甲寅（ママ。上元二年四月には甲寅の日はない。当時の唐の呼び方で、粛宗の元年建巳の月＝七六二年四月甲寅〔五日〕の謁）、崩于神竜殿、時年七十八。羣臣上謚曰至道大聖大明孝皇帝、廟号玄宗。（略）以広徳元年三月（ママ。宝応二年三月の謁。宝応二年〔七六三〕七月壬子〔十一日〕に広徳と改元）辛酉（十八日）、葬于泰陵。（『旧唐書』巻九玄宗紀下。〔中華書局排印本、一―二三五〕）

・（粛宗）元年（七六二）建巳月（四月）、崩于神竜殿、時年七十八。（『新唐書』巻五玄宗紀。〔中華書局排印本、一―一五四〕）

・（粛宗）元年（七六二）建巳月（四月）甲寅（五日）、太上至道聖皇天帝崩於西内神竜殿。（『旧唐書』巻一〇粛宗紀。〔中華書局排印本、一―二六三〕）

・宝応元年（ママ。七六二）建巳月（四月）甲寅（五日）、聖皇天帝崩。（『新唐書』巻六粛宗紀。〔中華書局排印本、一―一六五〕）

※わかりにくい記述であるが、これは、唐代、一時期、年号が無い時期があったためである。

上元二年九月壬寅（二十一日）の詔により、上元の年号を去り、ただ元年と称し、十一月を歳首とし、月は建辰を以て名づけることとした。したがって上元二年十一月が「元年歳首建子月」と呼ばれる。そして元年建巳月甲子（十五日）に宝応元年と改元、建巳月を四月とした。だから『新唐書』粛宗紀の「宝応元年建巳月甲寅〔五日〕」という言い方は、本当はおかしい。この間五ヶ月余は、唐の正式の呼び方に従えば、年号はなかったことになる。

◇粛宗崩御

・（粛宗）元年（七六二）建巳月（四月）丁卯（十八日）、上（粛宗）崩于長生殿、年五十二。羣臣上諡曰文明武徳大聖大宣孝皇帝、廟号粛宗。宝応二年（七六三）三月庚午（二十七日）、葬于建陵。（『旧唐書』巻一〇粛宗紀。〔中華書局排印本、一―二六三〕）

・（粛宗元年建巳月）丙寅（十七日）、（略）是夜、皇帝崩于長生殿、年五十二。（『新唐書』巻六粛宗紀。〔中華書局排印本、一―一六五〕）

※粛宗の崩御は四月十八日が正しい。

※皇太子広平郡王俶が即位。代宗である。

(13)「安史の乱」の推移

両京回復後は、「安史の乱」が「長恨歌」に関連してうたわれることはない。ただ、時代背景として、その後の推移を概略だけ記す。

乾元元年（七五八）九～十二月、安慶緒を相州に包囲、史思明、范陽から大軍を率いて来り、これを救わんとする。

乾元二年（七五九）三月、郭子儀ら、史思明の軍と戦って利あらず、河陽橋を断って洛陽を守る。史思明、安慶緒を救出するが、争いを起こしてこれを殺す。史思明、子の朝儀に相州を守らせ、兵を率いて范陽に帰る。四月、史思明、自立し、大燕皇帝（応天皇帝とも）と称し、順天と改元する。

上元二年（七六一）三月戊戌（十三日）、史思明、子の朝儀に殺される。史朝儀、皇帝の位につき、顕聖と改元する。

宝応元年（七六二）十月、唐軍洛陽を奪還し、史朝儀敗れて北に走る。

広徳元年（七六三）正月、史朝儀自殺し、「安史の乱」終結。

# あとがき

最近、時々考えることがある。——白楽天の詩に親しむようになったのは、いつ頃からだったろうか。

振り返ってみると、昭和五十五年に鶴見大学に職を奉じて間もなく、日本文学科という環境に影響されてか、読書の幅を広げるべく『白氏文集』を読もうと思い立ったことがあった。あれが白詩に接近したはじめだったろうか。そしてその後、昭和六十二年に国内研修を許され、授業などを免除されて、一年間『全唐詩』のページばかり繰っていたことがあったが、そのとりとめのない読書の中で、白楽天のゆとりある豊かな作品世界に次第に深入りしていった。——そんなことではなかったか。源世昭編『白詩選』の存在を知り、授業や各種講座で教材として使用しはじめたのも、その少しく後のことだったように覚えている。

国内研修といえば、その機会に過去の研究論文ををまとめて一定の方向付けをし、一書を成す人が多い。私はそれが出来なかった。もともと自分の考えたことを体系化、理論化するのが不得手であった。その時々に関心を持ったこと、気づいたことを大局的な観点を持たぬままに書いてきた文章は、論文とも随筆ともつかぬものばかりであり、体系化することは出来なかった。まして外国の理論に拠って思考の枠組みを作り上げることなど、思いもよらぬことであった。そもそも頭が悪くてそういう理論は理解出来なかった。ならば散漫なまま、自身の関心にまかせて個別の事柄について考えてゆこうと思ったのである。一方、自身の気性として、一書を成して、自分がこの世に生きた足跡を残したいなどという意欲が稀薄だったこともある。

そのような次第で、これまで論文集をまとめることはせず、というより出来ずに来たのだが、先頃『白楽天のことば』（明徳出版社）という小著を刊行することが出来た。種々の事情で執筆が遅れに遅れ、明徳出版社には大変なご迷惑をおかけしてしまった。この点はお詫びの言葉もないのだが、身勝手な言いぐさをお許し願うならば、書き上げてみて、自分が白楽天とその詩に相当に深い愛着を抱いていたことに改めて気づいたのだった。

そこで自分の心覚えのためにも、過去に書き散らしてきた文章のなかから白楽天に関するものを選んで一書にしておきたいと考えるに至った。論文らしきもの、講演で白楽天の作品に言及したもの、「長恨歌」の講義用ノートをまとめたのが、本書である。誤脱を正し、引用の詩句に書き下しを附するなど、若干、手直ししたものはあるが、基本的に発表時のままであり、表記も統一していない。ただ、白楽天の詩文については、全体にわたって花房英樹氏『白氏文集の批判的研究』「作品表」の作品番号を附している。

くりかえす悪疫流行に何かと窮屈な生活が強いられる中、かような不要不急の書を刊行するのはまことに気がひけるが、老人の我が儘とお見逃しいただければ幸いである。

初出を示しておく。

一　白居易の「嗟髪落」詩をめぐって
『鶴見大学紀要』第一九号　昭和五十七年（一九八二）三月

二　白居易の単衣もの
『松浦友久博士追悼記念　中国古典文学論集』　研文出版　平成十八年（二〇〇六）三月

三　白居易「春末夏初閑遊江郭其二」詩小考—その訓みと解釈について—
『中国古典研究』第五〇号　中国古典学会　平成十七年（二〇〇五）十二月

四　白居易「答夢得秋庭独坐見贈」詩の「虫思」という表現について
『中国文史論叢』第八号（下定雅弘教授退休記念号）　中国文史研究会　平成二十四年（二〇一二）三月

五　白楽天の詩語「黄気」について
『中国古典研究』第五六号　中国古典学会　平成二十六年（二〇一四）十

二月

六　講演記録「漢詩を読むということ」『新しい漢字漢文教育』第六二号　全国漢文教育学会　平成二十八年（二〇一六）五月

七「長恨歌」私注稿

引用した白楽天の詩文は那波本によったが、一は四部叢刊本、二以下は平岡武夫・今井清編『白氏文集歌詩索引』（同朋舎　一九八九年）を用いている。

二は、初出時は引用詩句を原文のみで示していたが、今回、他の文章と揃えて書き下し文を附した。それにあわせて記述の仕方を若干改めたところがある。

六は、講演時に戴いた質問に対する回答、関連事項などを「補記」としてつけ加えた。

七は、鶴見大学における講義、各種講座などで用いたプリントの元になる資料ノートを整理して掲載したものである。講義資料であるため、くりかえし手を加えており、初出を定めることは出来ない。現段階でのまとめとお考えいただければ幸いである。また、各種原資料を省いた講義用プリントは、全国漢文教育学会第二五回研修会（平成二一年（二〇〇九））の講演「『長恨歌』の扱い方」で配付したことがある。なお、講義資料であるため、古来の各種先行研究、註釈書から多くの学恩を蒙っていながら、一々明記することはしていない。ここに改めて諸先学に御礼を申し上げる。

全体に、「白居易」と諱で記した文章と、「白楽天」と字で記した文章がある。これは執筆時の筆者の書き癖によるものである。考えてみると年を取るにつれて敬愛の念をこめて字で呼び、記すようになった気がする。いま、しいて統一はしなかった。

思えば本書をまとめるまでには、多くの先師、先輩、知友の御指導御教示を頂いている。一々御名前を挙げることは出来ないが、ここに御礼を申し上げたい。

また、本書の刊行に関しては、研文社の中井陽社長に全面的にお世話になった。『白詩選』の影印と今回と、白楽天では二度目のお力添えに篤く御礼を申し上げる。そして私事になるが、気儘に書物にばかり読み耽る生活を長年支えてくれ、今また本書の刊行にも賛成してくれた妻　やよいにも感謝の念を記したい。

令和四年十一月十七日

城東の陋居にて

田口　暢穂

著者略歴

田口暢穂（たぐち・のぶお）

昭和21年生まれ。早稲田大学大学院博士後期課程単位取得退学。中国古典文学（唐詩）専攻。鶴見大学名誉教授。公益財団法人斯文会常務理事。編著書に『白楽天のことば』（明徳出版社）、源世昭撰『白詩選』（解題・影印）（研文社）、『はじめて読む唐詩』5・6（共著）（明治書院）、『校注唐詩解釈辞典』（共著）（大修館書店）、『続校注唐詩解釈辞典』（共著）（大修館書店）など。

白詩逍遥—白楽天の世界に遊ぶ—

2023年4月30日初版発行

著　者　田口　暢穂

発行者　中井　陽

発行所　株式会社　研文社

〒150-0012

東京都渋谷区広尾3-6-2

電話03（5615）8086　振替00130-3-157945

印刷所　富士リプロ株式会社

製本所　株式会社ブロケード



ISBN978-4-9910094-3-3

# 人名索引

# 作品名索引（白楽天）

# 作品名・書名索引（白楽天以外）